Os anos

FÓSFORO

ANNIE ERNAUX

Os anos

Tradução do francês por
MARÍLIA GARCIA

6ª reimpressão

Temos apenas a nossa história e ela não é nossa.

JOSÉ ORTEGA Y GASSET

— Sim. Seremos esquecidos. É a vida, nada podemos fazer. Aquilo que hoje parece importante, grave, cheio de consequências, um dia será esquecido, deixará de ter relevância. E o curioso é que não podemos saber hoje o que será um dia considerado grande e importante ou medíocre e ridículo. [...] Pode ser também que esta vida de hoje à qual nos agarramos seja um dia considerada estranha, desconfortável, desprovida de inteligência, insuficientemente pura e, quem sabe até, passível de culpa.

ANTON TCHÉKHOV

Todas as imagens vão desaparecer.

a mulher agachada urinando em plena luz do dia atrás de uma barraca que servia café à beira das ruínas, em Yvetot, depois da guerra, ia vestindo a calcinha já de pé com a saia levantada e voltava para o café

o rosto cheio de lágrimas de Alida Valli dançando com Georges Wilson no filme *Uma tão longa ausência*

o homem encontrado em uma calçada em Pádua, no verão de 1990, com as mãos presas aos ombros, fazendo lembrar na mesma hora da talidomida que receitavam para as grávidas contra o enjoo trinta anos antes e também da piada que se contava depois: uma futura mãe tricota o enxoval do bebê enquanto toma talidomida, uma carreira de tricô, um comprimido. Uma amiga fica apavorada ao saber do remédio e diz a ela, mas você não sabia que seu bebê corre o risco de nascer sem braço, ao que ela responde, pois é, eu sei, mas de todo modo não aprendi a tricotar as mangas

Claude Piéplu à frente de um pelotão do exército, a bandeira em uma das mãos, a outra puxando uma cabra, em um filme do Carlitos

esta senhora majestosa, com Alzheimer, vestindo uma camisa florida, como as outras residentes da casa de repouso, mas ela usa também um xale azul sobre os ombros, caminha pelos corredores pra cá e pra lá, altiva, como a duquesa de Guermantes no Bois de Boulogne, fazendo lembrar Céleste Albaret se apresentando, certa vez, no programa noturno de Bernard Pivot

em uma cena de teatro ao ar livre, a mulher presa dentro de uma caixa toda atravessada por espadas de prata fincadas por homens — ela sai viva lá de dentro porque se tratava de um espetáculo de prestidigitação, chamado *O martírio de uma mulher*

as múmias com roupas rendadas todas em farrapos penduradas nas paredes das catacumbas dei Cappuccini em Palermo

o rosto de Simone Signoret no cartaz do filme *Thérèse Raquin*

o sapato girando sobre uma base em uma loja da rede André na Rue du Gros-Horloge, em Rouen, ao redor dele a mesma frase passando continuamente: "com Babybotte seu bebê vai andar e crescer bem"

o estranho na estação Termini, em Roma, que tinha abaixado a persiana de sua cabine na primeira classe pela metade e, escondido até a cintura, de perfil, manipulava seu sexo para as jovens passageiras do trem da plataforma em frente, apoiadas em uma barra no cinema, o sujeito em um comercial do detergente Paic Vaisselle, que quebrava alegremente a louça suja em vez de lavá-la. Uma voz em off dizia severamente: "esta não é a solução!" e o sujeito olhava desesperado para o público, "mas qual é a solução?"

a praia em Arenys de Mar próxima aos trilhos de trem, o cliente do hotel que parecia com Zappy Max

o recém-nascido balançando no ar como um coelho despelado em uma sala de parto na clínica Pasteur, em Caudéran, trazido de volta uma hora depois, todo vestido, dormindo de lado no berço, com um lençol até o ombro e a mão para fora

a figura alegre do ator Philippe Lemaire, casado com Juliette Gréco

em um comercial de televisão, o pai escondido atrás do jornal tenta em vão jogar para o alto uma bala e depois pegar com a boca, imitando a filha pequena

uma casa com um caramanchão de heras que funcionava como hotel nos anos 1960, no número 90A, nos Zattere, Veneza

as centenas de rostos apavorados, fotografados pela administração pública antes da partida para os campos de concentração, nas paredes de uma sala do Palais de Tokyo, em Paris, em meados dos anos 1980

os banheiros construídos em cima do rio, no pátio atrás da casa de Lillebonne, os excrementos misturados com papel sendo arrastados lentamente pela correnteza todas as imagens nebulosas dos primeiros anos de vida, as poças iluminadas em um domingo de verão, as imagens oníricas em que os pais mortos ressuscitam, cenas nas quais caminhamos por ruas desconhecidas

a imagem de Scarlett O'Hara arrastando pela escada o soldado ianque que ela tinha acabado de matar — depois correndo pelas ruas de Atlanta em busca de um médico para Melanie, que está quase dando à luz

Molly Bloom deitada ao lado do marido se lembrando da primeira vez em que um menino deu um beijo nela e ela disse sim isso sim sim sim

Elizabeth Drummond morta com os pais em uma estrada em Lurs, em 1952

as imagens reais ou imaginárias, que permanecem conosco durante o sono
as imagens de um único instante tocadas por uma luz que só pertence a elas

Vão se acabar todas de uma só vez, assim como as milhares de imagens que estavam na cabeça dos avós mortos há meio século e dos pais também mortos. Nessas imagens ainda somos criancinhas e estamos no meio de outras imagens de pessoas desaparecidas antes mesmo de termos nascido, do mesmo modo que na memória estão presentes nossos filhos pequenos ao lado de nossos pais e colegas da escola. E, um dia, nós estaremos na lembrança de nossos filhos no meio de netos e de gente que ainda não nasceu. Assim como o desejo sexual, a memória nunca se interrompe. Ela equipara mortos e vivos, pessoas reais e imaginárias, sonho e história.

Milhares de palavras vão sumir de repente, palavras que serviram para nomear coisas, rostos de pessoas, ações e sentimentos. Palavras que serviram para organizar o mundo, disparar o coração e umedecer o sexo.

os slogans, pichações nos muros das ruas e nas paredes dos banheiros, poemas e histórias indecentes, todos os títulos

anamnese, epígono, noema, teorético, os termos anotados em um caderno com a definição ao lado para não termos que sempre consultar o dicionário

as expressões usadas por outras pessoas com naturalidade, locuções que não nos julgávamos capazes de também usar um dia, é inegável que, é forçoso constatar

as frases terríveis que deveríamos esquecer, que resistem mais do que outras exatamente por conta do esforço em reprimi-las, você parece uma puta decrépita

as frases que os homens dizem na cama à noite, Faça o que quiser comigo, sou seu objeto

existir é beber sem estar com sede

o que você estava fazendo no dia 11 de setembro de 2001?

in illo tempore domingo na missa

velho e relho, foi um quiproquó, separar o joio do trigo, que ideia de jerico! expressões em desuso, ouvidas de novo ao acaso, de repente tornam-se valiosas como objetos perdidos e reencontrados, como será que foram conservadas

as falas para sempre presas a algumas pessoas como um lema — algo dito por alguém quando passávamos de carro por um ponto específico da estrada Nationale 14, e nunca mais se pode passar por ali sem que essas mesmas palavras voltassem à memória, como as cascatas escondidas do palácio de verão de Pedro, o Grande, que jorram quando caminhamos na frente do palácio

os exemplos de gramática, as citações, os insultos, as músicas, as frases copiadas nos cadernos da época da adolescência

o abade Trublet que, nas palavras de Voltaire, compilava, compilava, compilava

a glória para uma mulher é o luto brilhante da felicidade

nossa memória está fora de nós, em um sopro chuvoso do tempo

o cúmulo da religiosa é viver virgem e morrer santa

o explorador guarda o conteúdo da escavação em caixas

um porquinho com coração era seu amuleto/ ela comprara na feira por uma ninharia/ quem diria, era um primor.

minha história é uma história de amor

seria possível brincar de adivinha com um garfo? Será que dá para colocar um abracadabra na mamadeira das crianças?

(sou o melhor de todos, quem disse que não, se você está feliz por que não dá risada, tudo dura, até verdura, como já dizia Galileu, aí sim o bicho pega, são e salvo! disse Jonas ao sair da barriga da baleia, minha velha traga meu jantar: sopa, uva e nozes — todos os trocadilhos e expressões ouvidos tantas vezes que perderam a surpresa e a graça, irritantes de tão batidos, que só serviam para garantir a cumplicidade familiar e que desapareceram quando o casal se separou, mas de vez em quando voltavam aos lábios, deslocados, inadequados, fora do contexto antigo, depois de anos de separação, no fundo, era o que tinha sobrado dos dois)

as palavras que surpreendem por já terem existido um dia, *mastoc*, "descortês" (na carta de Flaubert a Louise Colet), *pioncer*, "dormitar" (George Sand para Flaubert)

o latim, o inglês, o russo aprendido em seis meses por causa de um soviético, já não restava mais nada, apenas da svidania, iá tebiá liubliu khorochó, "até logo, eu te amo, está bem?"

o que é o casamento? um idiota pro metido

as metáforas que, de tão gastas, chegam a assustar por ainda serem ditas, a cereja do bolo

os versos de Péguy, ó Mãe sepultada fora do primeiro jardim

as expressões que se transformam, *pedalar ao lado da bicicleta*, isto é, andar em círculos, que virou pedalar sobre o repolho, depois pedalar sobre a sêmola e depois parou por aí, as expressões datadas

as palavras usadas pelos homens, que não nos agradam, *gozar*, *bater uma*

as palavras aprendidas quando estávamos estudando e que nos davam a sensação de poder dominar a complexidade do mundo. Depois das provas, elas evaporavam com a mesma velocidade com que tinham chegado

as frases repetidas, irritantes, usadas pelos avós e pelos pais, depois da morte se tornavam ainda mais vivas do que seus rostos, *não se meta onde não foi chamado*

as marcas dos produtos antigos, que duraram pouco tempo, na lembrança são mais reluzentes do que as marcas conhecidas, o xampu Dulsol, o chocolate Cardon, o café Nadi, são como uma lembrança íntima, impossível de ser compartilhada

Quando voam as cegonhas

Marianne de ma jeunesse

Madame Soleil ainda está entre nós

o mundo precisa acreditar em uma verdade transcendente

Tudo vai se apagar em um segundo. O vocabulário acumulado, do berço ao leito final, será eliminado. Restará somente o silêncio, sem palavra alguma para nomeá-lo. Da boca aberta não vai sair mais nada. Nem eu, nem meu. A língua continuará inventando o mundo com palavras. Nas conversas ao redor de uma mesa em dias de festa, nós seremos apenas um nome, cujo rosto vai se desvanecer até desaparecer na massa anônima de uma geração distante.

É uma foto sépia, em formato oval, colada dentro de uma caderneta com a borda dourada, protegida por uma folha transparente com relevo. Embaixo está escrito, *Foto-Moderna, Ridel, Lillebonne (S.Inf.re). Tel. 80*. Um bebê gorducho fazendo beicinho, com cabelos castanhos presos em formato de rolo por cima da cabeça, está sentado, seminu, em uma almofada sobre uma mesa de madeira entalhada. O fundo nublado, a guirlanda da mesa, a camisa bordada levantada na barriga com a alça caída no ombro sobre o braço rechonchudo — a mão do bebê cobre o sexo — buscam representar um cupido ou um anjinho de pintura. Todo mundo da família deve ter recebido uma cópia e tentado identificar qual lado a criança tinha puxado mais. Nesta peça do arquivo familiar — que deve datar de 1941 —, é impossível ler outra coisa além do ritual pequeno-burguês de encenar a chegada ao mundo.

Outra foto, assinada pelo mesmo fotógrafo — mas emoldurada com um papel mais simples, e o dourado da borda já desvanecido —, sem dúvida feita também para ser distribuída para a família, mostra uma menininha de mais ou menos quatro anos, com a expressão séria, quase triste, apesar de uma carinha meiga e rechonchuda debaixo dos cabelos curtos, divididos por um risco no meio e puxados para trás por grampos de lacinhos parecendo borboletas. A mão esquerda repousa sobre a mesma mesa de madeira entalhada estilo Luís XVI, agora totalmente visível. A camisa dela está apertada, a saia com suspensório levantada na frente por causa de uma barriga proeminente, talvez sinal de raquitismo (por volta de 1944).

Duas outras fotos pequenas com as bordas serrilhadas, provavelmente do mesmo ano, mostram a mesma criança, só que mais magra, com um vestido de babado e mangas bufantes. Na primeira, ela se aninha com uma cara de sapeca junto a uma mulher encorpada, com um vestido listrado e cabelos presos no alto em grandes rolos. Na outra foto, a criança está com a mão esquerda erguida e fechada e a direita de mãos dadas com um homem alto, de camisa clara e calça com vinco, o ar despreocupado. As duas fotos foram tiradas no mesmo dia, em um pátio com paralelepípedos, na frente de um muro baixo cheio de flores no topo. Por cima das cabeças, um varal com um prendedor de roupas que ficou esquecido.

Nas reuniões de família na época do pós-guerra, naquela lentidão interminável das refeições, alguma coisa vinha do nada e assumia uma forma: era o tempo já começado. Às vezes, os pais pareciam presos nele quando esqueciam de nos responder, os olhos perdidos em um tempo em que não estávamos, em que nunca estaremos, o tempo de antes. As vozes dos convidados se misturavam para compor a grande narrativa dos acontecimentos coletivos, os quais, pouco a pouco, passamos a acreditar que tínhamos vivido.

Eles nunca se cansavam de contar daquele inverno de 1942, glacial, a fome e o nabo, as provisões e os vales de cigarro, os bombardeios
a aurora boreal que tinha anunciado a guerra
as bicicletas e as carroças nas estradas durante a Debacle, as lojas saqueadas
as vítimas vasculhando os escombros à procura de suas fotografias e de seu dinheiro
a chegada dos alemães — cada um à mesa situava precisamente *onde*, em qual cidade tinham chegado —, os ingleses sempre corretíssimos, os americanos sem cerimônias, os colaboracionistas, o vizinho de cada um durante a Resistência, a fulana que teve a cabeça raspada na Libertação
Le Havre destruído, não tinha sobrado absolutamente nada, o mercado negro
a Propaganda
os alemães fugindo, atravessando o rio Sena em Caudebec montados em cavalos exaustos
o camponês que solta um peido em um compartimento de trem onde estão os alemães e diz para todos ouvirem "se não podemos dizer nada vamos fazer com que eles sintam"

Tendo como pano de fundo comum a fome e o medo, as histórias eram contadas com o uso do "nós", dos pronomes indefinidos e construções impessoais.

Eles falavam do general Pétain dando de ombros, velho demais e já gagá quando, na falta de outro melhor, foram atrás dele. Imitavam o voo e o estrondo dos mísseis V2 rodando no céu e interpretavam o horror vivido, simulando as deliberações nos momentos mais dramáticos, *o que será que eu faço agora*, para manter a atenção de todos.

Era uma narrativa cheia de mortes, violência, destruição, contada com tanta alegria que parecia querer desmentir, em alguns momentos, a observação contundente e solene "uma coisa dessas não pode voltar a acontecer", seguida por um silêncio, espécie de advertência contra uma instância obscura, o remorso pelo prazer.

Mas só se falava sobre o que tinha sido testemunhado e que podia ser revivido enquanto comiam e bebiam. Ninguém tinha o talento necessário ou a convicção para falar sobre coisas que não tinha visto, embora fossem conhecidas. Assim, nenhuma palavra sobre as crianças judias entrando nos trens para Auschwitz, nem sobre as pessoas mortas de fome recolhidas de manhã no gueto de Varsóvia, ou sobre os dez mil graus em Hiroshima. Por isso, a impressão que tínhamos — e que as aulas de história, os documentários e os filmes de depois não dissipariam — era de que nem os fornos crematórios nem a bomba atômica se situavam na mesma época da manteiga no mercado negro, dos alarmes e das descidas para se abrigar no porão.

Geralmente comparavam essa guerra com a anterior, a Primeira, de 1914, vencida no sangue e na glória, uma guerra de homens e que as mulheres à mesa ouviam com todo o respeito. Falavam do Caminho das Damas e de Verdun, dos gases tóxicos, dos sinos tocando no dia 11 de novembro de 1918. Citavam os nomes de cidades onde tinham acontecido batalhas das quais nenhum jovem que fora lutar tinha voltado. Comparavam os soldados no lamaçal das trincheiras aos prisioneiros de 1940, que ficaram ao abrigo e protegidos do frio durante cinco anos e não receberam bombas na cabeça. Discutiam qual tinha mais heroísmo e mais desgraça.

Remontavam a tempos mais antigos, quando nenhum deles existia, a Guerra da Crimeia, de 1870, os parisienses que tiveram de comer ratos.

Nas histórias daquela época contadas agora, só existiam a guerra e a fome.

Por fim, cantavam "Le petit vin blanc" e "Fleur de Paris", gritando na hora do refrão, em um coro ensurdecedor, as palavras *azul-branco-e-vermelho são as cores da pátria*. Erguiam os braços juntos e riam alto repetindo a expressão usada na época depois de uma boa refeição, uma a menos para os alemães.

As crianças não escutavam nada e tinham pressa para deixar a mesa logo que fosse permitido, aproveitavam a benevolência geral desses encontros para se dedicar às brincadeiras proibidas: pular na cama e brincar de balanço de cabeça para baixo. Porém, guardavam na memória todas aquelas histórias. Ao lado da época fabulosa — da qual entenderiam muito mais tarde a ordem dos acontecimentos, a Debacle, o Êxodo, a Ocupação, o Desembarque, a Vitória —, consideravam sem graça a época em que cresciam. Lamentavam não terem nascido, ou ainda serem muito pequenos, quando era preciso partir em bando pelas estradas e dormir como nômades ao ar livre. Dessa época não vivida guardariam uma saudade persistente. A memória dos outros daria a eles uma nostalgia secreta por esse momento perdido por pouco, e a esperança de um dia poder viver tudo aquilo.

Da epopeia em chamas só restavam as ruínas cinzentas e mudas dos bunkers na base das montanhas, aquele monte de pedras a perder de vista acumuladas nas cidades. Surgiam dos escombros objetos enferrujados e carcaças de camas de ferragem retorcida. Os comerciantes que tinham perdido seus negócios se instalavam em barracas provisórias à beira das ruínas. As granadas esquecidas pelas equipes de desminagem explodiam no colo dos menininhos que brincavam com elas. Os jornais avisavam, Não encostem nas munições! Os médicos tiravam as amídalas das crianças que tinham garganta frágil, elas acordavam da anestesia de éter aos gritos e eram forçadas a beber leite fervendo. Em velhos cartazes, a imagem em três por quatro do general Charles de Gaulle usando um quepe, com o olhar perdido. Nas tardes de domingo, jogavam ludo e jogo do mico.

O frenesi que tinha vindo com a Libertação ia perdendo a força. Naquele momento, as pessoas só pensavam em sair e o mundo ficou repleto de desejos que deveriam ser realizados imediatamente. Todas as coisas que seriam feitas pela primeira vez desde a guerra geravam uma enorme correria, bananas fresquinhas, os jogos da Loteria Nacional, os fogos de artifício. Bairros inteiros, da avó apoiada na filha até o recém-nascido no carrinho, todos se apressavam para ir ao parque de diversões, ao desfile de tochas, ao circo Bouglione; por pouco, as pessoas escapavam de serem pisoteadas no tumulto. Uma multidão pegava a estrada em procissão, rezando e cantando para dar as boas-vindas à estátua de Nossa Senhora de Boulogne e a levava de volta por quilômetros no dia seguinte. Qualquer ocasião, profana ou religiosa, era motivo para todos se reunirem na rua, como se quisessem seguir vivendo coletivamente. Ao fim de tarde de domingo, os ônibus voltavam da praia lotados de jovens em trajes de banho cantando a plenos pulmões, alguns vinham trepados no teto, segurando no bagageiro. Os cachorros passeavam livres e se acasalavam no meio da rua.

Contudo, até mesmo este tempo começava a ser apenas uma lembrança de uma idade de ouro, aos poucos se esvaindo, enquanto ouvíamos no rádio *Je me souviens des beaux dimanches... Mais oui c'est loin c'est loin tout ça*. As crianças agora lamentavam o fato de serem ainda muito pequenas durante o período da Libertação e de não terem realmente vivido aqueles dias.

De todo modo, crescíamos tranquilamente, "felizes por estar no mundo e ver as coisas de modo claro", em meio às advertências para não tocar nos objetos desconhecidos, a reclamações constantes quanto ao racionamento, aos vales de óleo e açúcar, ao pão de milho pesado demais para o estômago, à Coca-Cola que não esquentava, *Será que vai ter chocolate e geleia no Natal?* Era o momento de começar a escola, levando uma lousinha e uma lapiseira e caminhando por terrenos nivelados à espera da Reconstrução, espaços de onde tinham retirado os escombros. As brincadeiras na escola eram o jogo do lencinho, o passa-anel, as cantigas de roda, *Bonjour Guillaume as-tu bien déjeuné*, o arremesso de bola na parede com a canção *Petite bohémienne toi qui voyages partout*. No pátio do recreio, de braços dados, as crianças entoavam *quem quer brincar de esconde-esconde*. Para sarna e piolho, usava-se uma toalha com loção Marie Rose. Para fazer um exame de tuberculose, subíamos um de cada vez no caminhão de raio X, vestindo sobretudo e cachecol. Íamos ao médico pela primeira vez e ríamos sem graça por estar só de calcinha em uma sala aquecida apenas pela chama azul em um prato com álcool queimando em cima da mesa ao lado da enfermeira. Em breve, estaríamos vestidos de branco da cabeça aos pés para desfilar nas ruas, sob aplausos, em nossa primeira festa da Juventude, indo até o hipódromo onde, entre o céu e a grama molhada, executaríamos, ao som altíssimo da música dos alto-falantes, uma "coreografia em conjunto", com uma sensação estranha de grandeza e solidão.

Segundo os discursos da época, nós representávamos o futuro.

Na polifonia ruidosa das refeições em família, antes que surgissem as brigas e os aborrecimentos sem fim, chegava até nós, toda fragmentada e misturada às histórias da guerra, outra grande narrativa: das nossas origens.

Homens e mulheres que apareciam às vezes apenas com a designação de um parentesco: "pai", "avô", "bisavó", e eram reduzidos a um traço de seu caráter, a uma história engraçada ou trágica, à gripe espanhola, à embolia ou a um coice de cavalo que levou um deles embora. E as crianças que sequer tinham chegado à nossa idade, um monte de gente que nunca conheceríamos. Levavam-se anos até que os parentescos de cada um ficassem claros e, por fim, fosse possível identificar corretamente os "dois lados" da família, separando as pessoas com quem temos uma ligação de sangue daquelas com quem não temos "nada".

História familiar e história coletiva são uma única coisa. Ao redor da mesa, as vozes dos mais velhos demarcavam os espaços da juventude: o campo e as fazendas onde, numa memória remota, os homens trabalhavam como empregados e as mulheres como criadas, a fábrica na qual tinham se conhecido, convivido e casado, o pequeno comércio que os mais ambiciosos tinham conseguido abrir. Contavam essas histórias sem entrar nos detalhes pessoais, chamando atenção apenas para os nascimentos, casamentos e lutos, sem falar das viagens para fora do regimento em uma vila militar, ou das vidas tomadas pelo trabalho, quantas horas trabalhavam por dia e todo o desgaste, as ameaças da bebida. A escola ocupava um segundo plano mítico, uma breve idade de ouro em que encarávamos o Professor como um deus severo, munido com sua régua de ferro para punir os alunos.

Aquelas vozes transmitiam a herança da pobreza, da privação de antes da guerra e das restrições. Todos mergulhavam, assim, em uma noite imemorial, no próprio "tempo", em que eram destrinchados os prazeres e as tristezas, os usos e os saberes:
morar em uma casa de chão batido
usar galochas
brincar com uma boneca de pano
lavar a roupa com cinza de madeira
pendurar um saquinho de pano na roupa das crianças, à altura do umbigo, contendo dentes de alho para espantar os vermes
obedecer aos pais e ganhar bofetadas, então pensar, *eu deveria ao menos ter respondido*

Elencavam tudo o que era ignorado, todo o desconhecido e os nuncas daquela época:
comer carne vermelha, chupar laranja
ter direito à previdência social, subsídios para a família e aposentadoria aos 65 anos
sair de férias

Lembravam das coisas que eram motivo de orgulho:
as greves de 1936, a Frente Popular, *antes o operário não valia nada*

Nós, crianças, sentadas de volta para a sobremesa, ficávamos ouvindo as histórias indiscretas que, no clima ameno do fim da refeição, os convidados presentes deixavam escapar, esquecendo-se dos ouvintes mais jovens, e as músicas da época de juventude de nossos pais que falavam de Paris, das moças que se atiravam nos rios, das namoradinhas e dos malfeitores, "Le Grand Rouquin", "L'Hirondelle du faubourg", *Du gris que l'on prend dans ses doigts et qu'on roule*, as histórias de amor cheias de paixão e sofrimento às quais a cantora, de olhos fechados, se entregava completamente, até jorrarem lágrimas que ela limpava com o canto do lenço. As crianças traziam a calmaria de volta à mesa cantando "Étoile des neiges".

Passavam de mão em mão as fotos amarelecidas pelo tempo com o verso manchado de tantos dedos que as tinham segurado em outros encontros, mistura de café e gordura que formava uma cor indefinível. Não dava para reconhecer nossos pais nem ninguém ao olhar os noivos sérios e rígidos, os convidados ao redor em fileiras encostados na parede. Também não conseguíamos acreditar que nós éramos aquele bebê seminu sobre uma almofada, com o sexo escondido. Parecia outra pessoa, uma criatura que pertencia a um tempo mudo e inacessível.

Ao deixar de lado a guerra, ao redor da mesa infinita daquelas reuniões, em meio aos risos e exclamações, *vai chegar a nossa hora também, vamos aproveitar enquanto dá!*, a memória dos outros fazia com que também fizéssemos parte do mundo.

Não eram apenas as histórias que transmitiam a memória do passado, mas também os modos de caminhar, se sentar, falar e rir, chamar alguém na rua, os gestos de cada um ao comer ou segurar alguma coisa. Estes modos passavam de um corpo para o outro dos lugares mais remotos do interior da França e da Europa. Uma herança que era invisível nas fotos e que, para além das diferenças individuais e da distância entre a bondade de alguns e a maldade de outros, unia os membros da família, os moradores do bairro e todos aqueles que, segundo diziam, eram gente como a gente. Um repertório de hábitos, um somatório de gestos moldados pela infância passada no campo e a adolescência nas oficinas, antecedidas por outras infâncias, indo assim até o esquecimento:

comer fazendo barulho, explicitando, deste modo, a metamorfose progressiva dos alimentos na boca aberta, limpar os lábios com um pedaço de pão, raspar o molho no prato com pão de maneira tão minuciosa que daria para guardá-lo sem lavar, bater a colher no fundo da tigela, esticar o corpo depois do jantar. Lavar todos os dias somente o rosto, o resto dependia do nível de sujeira, as mãos e o antebraço sempre depois do trabalho, as pernas e joelhos das crianças ao fim dos dias de verão, e banho completo nos feriados e dias de reuniões de família

segurar as coisas com firmeza, bater a porta. Fazer tudo com brusquidão, seja pegar um coelho pelas orelhas, seja dar um beijo ou segurar uma criança no colo. Nos dias em que o circo pega fogo, entrar e sair com pressa, arrastar as cadeiras

caminhar dando passadas largas e balançando os braços, sentar se atirando no assento, para as mulheres mais velhas, afundar as mãos no bolso do avental e, ao levantar, descolar com a mão rapidamente a saia presa na bunda

para os homens, usar sempre os ombros seja para transportar a enxada, tábuas e sacos de batata ou as crianças exaustas na volta da feira

para as mulheres, usar os joelhos e as coxas para imobilizar o moedor de café, para abrir a garrafa de vinho e degolar a galinha deixando o sangue pingar na tigela

falar alto e com ar rabugento em todas as situações, como se fosse preciso estar sempre revoltado contra o universo.

O idioma francês que se falava — uma língua maltratada, misturada a dialetos — era indissociável das vozes potentes e vigorosas, dos corpos apertados em casacos e macacões de trabalho, das casas baixas com pequenos jardins, do latido dos cachorros à tarde e do silêncio que precedia as brigas. Por outro lado, as regras de gramática e o francês correto se relacionavam

com o tom neutro e a mão limpa da professora. Uma língua sem elogio nem bajulação, que continha a chuva cortante, as praias de seixos acinzentados debaixo das falésias, os penicos que eram esvaziados em cima do estrume e o vinho dos trabalhadores braçais. Uma língua que transmitia algumas crenças e regras: observar a Lua pois ela regula a hora de nascer, a plantação de alho-poró e o tratamento dos vermes nas crianças
não desrespeitar o ciclo das estações na hora de não usar mais casaco e meias, de colocar a coelha fêmea perto do macho, de plantar verduras, pois havia uma época para tudo, um intervalo precioso e difícil de ser medido, entre o "cedo demais" e o "tarde demais" durante o qual a natureza exercia sua boa vontade, as crianças e os gatos nascidos no inverno cresciam menos que os outros, e se alguém ficasse exposto ao sol de março, poderia enlouquecer
tratar as queimaduras com batata crua ou pedir ajuda a uma vizinha que conhecesse a fórmula mágica para "se livrar do fogo", curar um machucado com urina
respeitar o pão, a figura de Deus está presente em cada grão de trigo

Como qualquer outra língua, esta criava hierarquias, estigmatizava os preguiçosos, as mulheres sem conduta, os "sátiros" e os desonestos, as crianças dissimuladas; louvava as pessoas "capazes", as moças sérias, reconhecia os superiores e os figurões; e repreendia, *vai aprender na marra*.

Também nomeava os desejos e as esperanças, ter um trabalho digno, em um lugar ao abrigo das intempéries, ter o que comer e um leito onde morrer
os limites, não pedir coisas impossíveis, que custem os olhos da cara, ficar satisfeito com o que se tem
o medo das partidas e do desconhecido, pois quando nunca saímos de casa qualquer cidade é o fim do mundo

o orgulho e as feridas, *não é por ser do interior que nós somos mais estúpidos que os outros*

Porém, ao contrário dos nossos pais, nunca deixamos de ir à escola para plantar colza, colher maçãs ou buscar lenha. O calendário escolar tinha substituído o ciclo das estações. Os anos pela frente seriam preenchidos com aulas, uma depois da outra, temporada que começava em outubro e se encerrava em julho. Na volta às aulas, encadernávamos com papel azul os livros usados que tinham sido dados pelos alunos da turma anterior. Ao ver o nome deles ainda legível na folha de rosto e as palavras sublinhadas no texto, tínhamos a impressão de que estávamos ao mesmo tempo substituindo e sendo encorajados por eles (que já tinham passado por aquilo tudo) a aprender em um ano todas aquelas coisas. Decorávamos poemas de Maurice Rollinat, Jean Richepin, Émile Verhaeren, Rosemonde Gérard, e as cantigas, *Mon beau sapin roi des forêts*, *C'est lui le voilà le dimanche avec sa robe de mai nouveau*. Nos esforçávamos para não cometer erros nos ditados de Maurice Genevoix, La Varende, Émile Moselly, Ernest Pérochon. E recitávamos as regras de gramática do francês correto. Ao chegar em casa, deparávamos, sem querer, com a língua original, que não obrigava a pensar nas palavras, apenas nas coisas que deveríamos ou não dizer. Era a língua presa ao corpo, ligada às bofetadas, ao cheiro de água sanitária nos casacos, às maçãs cozidas ao longo do inverno, ao barulho de xixi no penico e ao ronco dos pais.

A morte das pessoas não nos afetava em nada.

A foto em preto e branco de uma menininha com maiô escuro em uma praia de seixos. Ao fundo, as falésias. Ela está sentada em cima de uma pedra achatada, as pernas grossas esticadas diante dela bem retas, o braço apoiado na pedra, os olhos fechados, a cabeça levemente inclinada, sorrindo. Uma grossa trança castanha caída para a frente, a outra deixada às costas. A cena mostra um desejo de posar como as estrelas da revista *Cinémonde* ou de um comercial de protetor solar e de escapar daquele corpo de menina, humilhante, sem a menor importância. As coxas e o antebraço, mais claros que o resto, desenham a forma de um vestido e indicam o caráter excepcional, para ela, de um passeio até o mar. A praia está deserta. No verso da fotografia: *agosto de 1949, Sotteville-sur-Mer.*

Ela vai fazer nove anos. Está de férias com o pai na casa de um tio e uma tia, artesãos que produzem cordas. A mãe ficou em Yvetot, cuidando do café-mercearia que nunca fecha. Normalmente, é a mãe que reparte o cabelo da menina em duas tranças firmes prendendo-as em formato de coroa ao redor da cabeça, com grampos e laços. Aqui as tranças estão soltas, ou porque nem o pai nem a tia sabem prender, ou porque ela aproveita a ausência da mãe para deixá-las soltas.

Difícil dizer o que se passa em sua cabeça, como ela vê os anos após a Libertação, e do que se lembra sem precisar fazer esforço.

Talvez não tenha restado mais nenhuma outra imagem além destas que resistiram à dispersão da memória:
a chegada à cidade cheia de escombros e a cadela no cio fugindo
o primeiro dia de aula depois da Páscoa, ela não conhecia ninguém
a grande excursão de toda a família por parte de mãe a Fécamp, em um trem com bancos de madeira, com a avó que usava um chapéu de palha de arroz negro e os primos que tiraram a roupa sobre os seixos, ficando com a bunda de fora
o porta-agulhas em formato de tamanco, feito para o Natal, preso em um canto da camisa

o filme *Pas si bête* com Bourvil
brincadeiras escondidas, beliscar o lóbulo da orelha com os anéis da cortina.

Talvez ela perceba aqueles anos da escola que ficaram para trás como uma imensa extensão, as três turmas, a disposição das carteiras e da mesa da professora, do quadro, as colegas:
Françoise C., que ela invejava por fazer palhaçadas com seu gorro em forma de cabeça de gato, e que tinha pedido emprestado seu lenço na hora do recreio, assoado o nariz e amassado o lenço sujo antes de devolvê-lo e sair correndo; o sentimento de imundice e vergonha por ficar com aquele pano sujo no bolso do casaco durante todo o recreio
Évelyne J., que ela tinha feito pôr a mão, por debaixo da carteira, dentro do seu bolso para encostar no lenço melecado
F., com quem ninguém falava, que tinha sido mandada para um sanatório, e que foi para uma consulta médica usando uma cueca azul de menino manchada de cocô, e todas as meninas ficavam olhando para ela e rindo
os verões de antes, já distantes, um deles com um calor escaldante e as cisternas e poços secos, a fila de pessoas do bairro indo até a bica pública carregando jarras, e Robic tinha vencido o Tour de France — um outro verão, chuvoso, ela indo com a mãe e a tia catar mexilhões na praia de Veules-les-Roses, as três se inclinando em cima de um buraco, no alto da falésia, para ver um soldado morto que tinham desenterrado junto com outros para tornar a enterrar em outro lugar.

Mas pode ser que ela tenha preferido, como fazia normalmente, pensar nas múltiplas combinações do imaginário a partir dos livros da coleção Bibliothèque Verte ou das histórias que lia na revista *La semaine de Suzette*. E sonhar com seu futuro tal como ela imaginava que seria ao ouvir no rádio as canções de amor.

Sem dúvida, não há nada em sua cabeça que se ligue a acontecimentos políticos e faits divers, àquilo que mais tarde ficará claro que pertence à paisagem da infância, um conjunto de coisas sabidas e genéricas, Vincent Auriol, a guerra na Indochina, Marcel Cerdan, o campeão mundial de boxe, o "Pierrot le Fou", como ficou conhecido o primeiro inimigo público francês, e Marie Besnard, famosa pelos envenenamentos com arsênico em série.

A única certeza era seu desejo de ser mais velha. E a ausência completa da seguinte lembrança:
a primeira vez em que viu uma foto de um bebê de camisola sentado em cima de uma almofada, entre outras fotos idênticas, ovais e de cor castanha, e disseram a ela: "esta aqui é você", fazendo com que fosse obrigada a ver a si própria naquele ser gorducho que tinha vivido uma existência misteriosa naquele tempo passado.

A França era imensa e formada por populações que se diferenciavam de acordo com as comidas e os modos de falar. Em julho, os ciclistas do Tour de France atravessavam o país inteiro e nós acompanhávamos o percurso que faziam no mapa Michelin preso à parede da cozinha. A maior parte das vidas se desenrolava dentro do mesmo perímetro de uns cinquenta quilômetros. Quando, na igreja, começava o vitorioso canto "Em nossa casa seja rainha", sabíamos que "casa" queria dizer o lugar em que morávamos, a cidade ou o estado. O exótico começava na cidade grande mais próxima. O resto do mundo era irreal. Os mais instruídos ou que desejavam estudar se inscreviam nas palestras "Conhecimentos do mundo". Os outros liam a revista *Seleções Reader's Digest* ou *Constellation*, "o mundo visto em francês". Um cartão-postal enviado de Bizerta, na Tunísia, por um primo que tinha feito ali o serviço militar deixava todos imersos em um estado de devaneio onírico.

Paris representava a beleza e o poder, uma espécie de totalidade misteriosa, assombrosa. Quando o nome de uma rua aparecia em um jornal ou era citado em uma propaganda, Boulevard Barbès, Rue Gazan, Jean Mineur, Avenue des Champs-Élysées, 116, nossa imaginação ganhava asas. As pessoas que tinham morado lá, ou apenas visitado a capital e visto a Torre Eiffel, eram dotadas de uma aura de superioridade. Nas noites de verão, ao fim dos longos dias poeirentos de férias, íamos à estação de trem ver chegarem aqueles que tinham ido a outras cidades e que voltavam com malas e sacolas de compras da loja Printemps, e os peregrinos que retornavam de Lourdes. As canções que mencionavam lugares desconhecidos, o Sul, os Pirineus, "Fandango du Pays Basque", "Montagnes d'Italie", "Mexico", despertavam nossa vontade de viajar. Nas nuvens do pôr do sol, cheias de reflexos cor-de-rosa, víamos os rajás e palácios indianos. Se reclamássemos com os pais, "nunca vamos a lugar nenhum!", eles respondiam, surpresos, "Mas para onde você quer ir, não está satisfeito aqui?".

Tudo o que havia nas casas tinha sido comprado antes da guerra. As panelas eram escurecidas e sem os cabos, as bacias sem esmalte, os jarros furados e os furos tapados com pastilhas de metal. Os casacos eram remendados, os colarinhos virados para dentro, as roupas de domingo há muito tinham passado a ser de todos os dias. As mães se desesperavam por seus filhos não pararem de crescer e se viam obrigadas a encompridar os vestidos com um pedaço de tecido, a comprar sapatos um número maior, mas que um ano depois já estavam pequenos. Tudo deveria durar por muito tempo, o estojo, a caixa de tintas Lefranc e o pacote de biscoito amanteigado da marca Lu. Nada era jogado fora. Os restos dos penicos da noite serviam para adubar o jardim, o excremento dos cavalos que pegávamos na rua para os vasos de flores, o jornal para embrulhar os legumes, secar por dentro dos sapatos molhados e se limpar no banheiro.

Vivíamos uma situação de penúria. De objetos, de imagens, de distrações, de explicações para a própria existência e para o mundo, limitadas ao catequismo e aos sermões na quaresma do padre Riquet, às últimas notícias de amanhã, proferidas pela voz grave de Geneviève Tabouis no programa de rádio de mesmo nome, às histórias que as mulheres contavam de suas vidas e da vida dos vizinhos durante a tarde, tomando uma xícara de café. As crianças acreditavam em Papai Noel por muito tempo e também que os bebês vinham de dentro de uma rosa ou de um repolho.

As pessoas se deslocavam a pé ou de bicicleta sempre com um ritmo regular — os homens com os joelhos afastados, a barra da calça presa com um grampo, as mulheres com a bunda contida nas saias esticadas —, traçando linhas fluidas em meio à tranquilidade das ruas. O silêncio ocupava o fundo das coisas e a bicicleta media a velocidade da vida.

Vivíamos bem próximos da merda. Ela nos arrancava algumas risadas.

Em todas as famílias, alguma criança já tinha morrido. Doenças repentinas e sem cura, diarreia, convulsões, difteria. Tudo o que sobrava da breve passagem delas pela Terra era uma sepultura de ferro em formato de berço com a inscrição "um anjo no céu", as fotos que os parentes mostravam secando discretamente as lágrimas e as conversas à meia-voz, quase serenas, que assustavam as crianças vivas, por temerem estar com os dias contados. Elas só estariam a salvo com doze, quinze anos, depois de terem atravessado a coqueluche, a rubéola e a catapora, o sarampo e as otites, a bronquite de todos os invernos. Depois de terem escapado à tuberculose e à meningite. Quando diziam que elas tinham, enfim, "encorpado". Por ora, eram "crianças de guerra", pálidas e anêmicas, com as unhas manchadas de branco, que deveriam tomar óleo de fígado de bacalhau e remédio para verme, comprimidos Jessel, viver subindo na balança da farmácia, se enrolando completamente no cachecol para evitar qualquer friagem, tomar sopa para crescer e manter a postura reta para não precisar usar um colete de ferro. Os bebês que, então, começavam a nascer por todos os lados eram vacinados, monitorados, levados a cada mês para serem pesados na prefeitura. Nas manchetes dos jornais, diziam que ainda morriam cinquenta mil crianças por ano.

Ninguém tinha medo do retardo mental de nascença. O que temiam era a loucura porque ela chegava de súbito, misteriosamente, acometendo pessoas normais.

A foto fora de foco e deteriorada de uma menininha de pé na frente de uma cancela, em cima da ponte. Ela tem os cabelos curtos, as coxas magras e os joelhos proeminentes. Por causa do sol, está com a mão sobre os olhos. Ela ri. No verso, está escrito: *Ginette 1937*. Na sepultura: *faleceu com seis anos na quinta-feira santa de 1938*. É a irmã mais velha da menina na praia de Sotteville-sur-Mer.

Os meninos e as meninas eram diferentes em tudo. Os meninos, criaturas barulhentas, sem lágrimas, sempre prontos a arremessar alguma coisa, pedras, castanhas, bombinhas, bolas de neve dura, diziam palavrões, liam quadrinhos como *Tarzan* e *Bibi Fricotin*. As meninas, que tinham medo deles, recebiam ordens para não imitá-los, para privilegiar as brincadeiras calmas, roda, amarelinha, passa-anel. No inverno, sempre às quintas-feiras, brincavam de dar aulas para velhos botões ou para figuras recortadas da revista *L'Écho de la mode*, dispostas sobre a mesa da cozinha. Encorajadas pelas mães, deduravam os outros, "vou contar tudo!" era a ameaça preferida. Elas se chamavam entre si de *ei, sua fulana!*, repetiam aos sussurros, com a mão cobrindo a boca, histórias grosseiras que tinham ouvido, segurando o riso para contar de Maria Goretti, que teria preferido morrer a fazer com um menino aquilo que elas levariam tanto tempo para ter o direito de fazer. Ficavam assustadas com os pensamentos libidinosos, que nem geravam suspeita nos adultos. Sonhavam com o dia em que teriam seios e pelos e um absorvente com sangue dentro da calcinha. Enquanto esperavam, liam os quadrinhos de Bécassine, *Les Patins d'argent*, de P. J. Stahl, *En famille*, de Hector Malot, iam ao cinema com a escola ver *O capelão das galeras*, *Le Grand Cirque* e *A batalha dos trilhos*, filmes que davam ânimo e coragem, reprimindo os pensamentos ruins. Mas elas sabiam que a realidade e o futuro estavam mesmo nos filmes de Martine Carol e nas fotonovelas cujos títulos, *Nós dois*, *Confidências* e *Intimidade*, anunciavam a tão desejada e proibida indecência.

Os prédios da Reconstrução se erguiam da terra em meio aos rangidos intermitentes das gruas em rotação. Os dias de penúria chegavam ao fim e os novos produtos começavam a surgir, com um ritmo tão espaçado que todos podiam ser recebidos com surpresa e alegria. Nas conversas, as pessoas avaliavam e discutiam a utilidade de cada um deles, que se materializavam como nas fábulas: inesperados e imprevisíveis. Todo mundo aproveitava alguma coisa, a caneta Bic, o xampu em pote, as toalhas plásticas protetoras de mesa Bulgomme e os revestimentos de piso Gerflex, o Tampax e os cremes que clareavam pelos, os utensílios de plástico Gilac, o Tergal, as lâmpadas tubulares, o chocolate ao leite com avelã, a bicicleta motorizada Vélosolex e a pasta de dente com aroma de clorofila. Era inacreditável o tempo economizado com as sopas em saquinho já prontas, a panela de pressão e a maionese em tubo. Preferíamos as conservas aos produtos frescos, achando mais chique servir pera em calda em vez de fresca, e ervilhas em lata, e não as do jardim. Começava a haver uma preocupação com o caráter digestivo dos alimentos, com as vitaminas e com a forma física. Era deslumbrante observar as invenções que apagavam séculos de gestos e esforços e inauguravam um tempo em que não teríamos que fazer mais nada, segundo diziam. Mas também tudo era alvo de ataque: a máquina de lavar era acusada de gastar a roupa, a televisão de danificar a visão e de levar a dormir muito tarde. Vigiavam e invejavam os vizinhos que expunham os sinais de progresso nos objetos comprados, marcando uma superioridade social. Na cidade, os rapazes exibiam suas Vespas e rodopiavam em torno das moças. Firmes e orgulhosos em seus assentos, eles levavam uma delas na garupa, com o lenço amarrado debaixo do queixo, abraçando-os por detrás para não caírem. A vontade que tínhamos era de crescer três anos na mesma hora quando eles sumiam no fim da rua deixando um rastro estrondoso para trás.

Os anúncios martelavam a qualidade dos objetos com um entusiasmo imperativo, *Lévitan, móveis com garantia por muito mais tempo! Chantelle, a cinta que não sobe! Óleo Lesieur é três vezes melhor!* Ela cantava cada um deles alegremente *dop dop dop adote o xampu Dop, Colgate é saúde, Colgate pro dente*, cantava sonhando, *que felicidade em casa quando Ela está lá*, cantarolava imitando a voz de Luis Mariano, *sutiãs Lou vestindo as mulheres de bom gosto*. Enquanto fazíamos os deveres de casa na mesa da cozinha, os anúncios e as canções tocadas na rádio Luxembourg davam a certeza da felicidade futura. Nos sentíamos rodeados por objetos ainda ausentes que poderíamos comprar mais tarde. E enquanto esperávamos o dia em que teríamos idade suficiente para usar o batom Baiser e o perfume Bourjois (*com J de júbilo*), colecionávamos os animais de plástico que vinham nos pacotes de café, as figurinhas das fábulas de La Fontaine da embalagem do chocolate Menier, que trocávamos na hora do recreio.

Tínhamos todo o tempo do mundo para desejar as coisas, o estojo de plástico, os sapatos com sola de borracha, o relógio de ouro. E quando tínhamos alguma delas, não nos decepcionávamos. Exibíamos para os outros admirarem. Elas guardavam um mistério e uma magia que não se esgotavam na contemplação ou manipulação. Mexendo e remexendo-as, continuávamos esperando delas algo desconhecido, mesmo depois de possuir esses objetos.

O progresso estava no horizonte de cada existência. Significava ter bem-estar, as crianças com saúde, a casa com luz elétrica e as ruas bem iluminadas, o saber, tudo aquilo que nos afastava da escuridão do campo e da guerra. O progresso estava no plástico e na fórmica, nos antibióticos e nos benefícios sociais, na água corrente saindo da pia e no saneamento básico, nas colônias de férias, na continuação dos estudos e no átomo. É preciso *pertencer ao seu tempo*, não cansavam de repetir, como um indício de inteligência e de espírito aberto. Nas aulas do oitavo ano, a redação propunha o tema "as vantagens da eletricidade" ou sugeria que se elaborasse uma resposta a "quem atacasse, na sua frente, o mundo moderno". Os pais afirmavam, *os jovens vão saber mais do que nós.*

Na vida real, a escassez de moradias obrigava crianças e pais, irmãos e irmãs, a dormirem no mesmo quarto. O banho continuava sendo de bacia, as necessidades eram feitas em cabines do lado de fora da casa, os absorventes feitos de tecido felpudo e o sangue deveria ser limpo em um jarro de água fria. Os resfriados e bronquites das crianças eram tratados com cataplasmas de farinha de mostarda. Os pais curavam a gripe tomando aspirina com uma bebida. Os homens urinavam nos muros na rua em plena luz do dia e os estudos eram vistos com desconfiança, como se fosse haver uma espécie de sanção obscura, um revide punitivo por ter desejado voar alto demais e estudar acabasse deixando você louco. Faltavam dentes em todas as bocas. As pessoas costumavam dizer, os tempos não são os mesmos para todos.

O curso dos dias seguia igual, pontuado pelo retorno das mesmas distrações, que não obedeciam à abundância e à novidade das coisas. Na primavera estavam de volta as primeiras comunhões, a festa da Juventude e a quermesse paroquial, o circo Pinder e os elefantes do desfile obstruíam rapidamente a rua com sua imensidão cinzenta. Em julho, havia o Tour de France, que acompanhávamos no rádio, colando em um álbum as fotos de Geminiani, Darrigade e Coppi recortadas do jornal. No outono, os carrosséis e as barraquinhas com distrações do parque de diversões itinerante. Pegávamos inúmeras vezes os carrinhos bate-bate, em meio aos ruídos e faíscas metálicas, a voz chamando *vamos em frente, moçada! atrás vem gente.* No pódio para a entrega do prêmio lotérico, sempre o mesmo rapaz com nariz pintado de vermelho imitava o ator André Bourvil, uma mulher com uma roupa decotada em pleno frio prometia, na maior lenga-lenga, um espetáculo tórrido, proibido aos menores de dezesseis anos: "entre meia-noite e duas da manhã, o cabaré Folies-Bergère". Ficávamos espreitando os que tinham ousado entrar e ver o que tinha atrás da cortina, buscando na expressão deles alguma pista do que tinham visto. No cheiro de água parada e de gordura dava para sentir também o clima de luxúria.

Uns anos depois, ao chegar à idade permitida para poder levantar a cortina da barraca, vimos três mulheres de biquíni dançando sem nenhuma música em cima de uma tábua. A luz se apagava e tornava a acender: as mulheres se mantinham imóveis, os seios nus, diante do público escasso, de pé no chão batido da praça da prefeitura. Do lado de fora, um alto-falante tocava aos gritos uma canção de Dario Moreno, *Ey mambo, mambo italiano*.

A religião estava na base da vida das pessoas e era responsável por estabelecer o tempo. Os jornais sugeriam cardápios para a Quaresma, cujas etapas eram destrinchadas pelo tradicional calendário dos Correios, da septuagésima até a Páscoa. Não se comia carne às sextas-feiras. A missa de domingo era a ocasião para se vestir bem, estrear uma roupa nova, usar chapéu, bolsa e luvas, ver e ser visto, acompanhar com os olhos as crianças do coro. Para todo mundo, a missa constituía um sinal externo dos valores morais e a certeza de um destino que estava escrito em uma língua específica, o latim. Ler, a cada semana, as mesmas preces no missal, suportar o mesmo tédio ritual do sermão garantiam uma espécie de purificação probatória para os prazeres carnais de comer frango e bolos de confeitaria, ir ao cinema. Parecia uma aberração que professores e pessoas instruídas, com uma conduta irrepreensível, não acreditassem em nada daquilo. A religião era a única origem da moral e nos dava a dignidade humana sem a qual nossa vida equivaleria à vida dos cachorros. A lei da Igreja valia mais que todas as outras, e os grandes momentos da existência só recebiam legitimidade por meio dela: "Quem não se casa na igreja não se casa de verdade", declarava o catecismo. Somente a religião católica tinha valor, as outras eram equivocadas ou ridículas. Na hora do recreio, saíamos gritando: *Maomé era profeta/ Do imenso Alá/ E vendia amendoim/ No mercado em Bagdá/ Se em vez de amendoim/ vendesse um bolinho/ ganharia mais dinheiro/ E viria para cá/ Alá* (três vezes).

Esperávamos impacientes a chegada da Primeira Comunhão, espécie de prévia gloriosa de tudo o que aconteceria de importante: a menstruação, a formatura ou o começo do ginásio. Os meninos usavam um traje escuro com um laço branco preso no braço e as meninas, um vestido longo e véu branco. Sentados nos bancos e separados pelo corredor central, eles pareciam os noivos que, divididos em pares dali a dez anos, se tornariam. Depois de cantar em uníssono e em alto e bom som as vésperas *renuncio a satanás em nome de Jesus para sempre*, já podíamos nos eximir das práticas religiosas. Superado o ritual católico, estávamos munidos da bagagem necessária para nos sentirmos integrados à comunidade dominante e não termos dúvidas de que *existe realmente alguma coisa depois da morte*.

Todo mundo sabia distinguir o que é certo do que é errado, o Bem do Mal, e os valores estavam visíveis no olhar dos outros sobre si. Era possível distinguir, pelas roupas, as meninas das adolescentes, as adolescentes das jovens, as jovens das mulheres adultas, as mães das avós, os operários dos comerciantes e dos burocratas. Os ricos diziam que as vendedoras e datilógrafas muito bem-vestidas "gastavam toda a fortuna com roupas".

Quer fosse pública ou privada, a escola era o lugar de transmissão de um saber imutável, um ambiente de silêncio, ordem e respeito pelas hierarquias, ou seja, de submissão absoluta: todos deveriam usar um jaleco, formar uma fila depois do sinal, levantar-se toda vez que a diretora entrasse em sala, mas não a inspetora, providenciar cadernos, canetas, lápis, o material *completo*, não responder a nenhuma advertência, no inverno não andar de calça sem uma saia por cima. Apenas os professores tinham o direito de fazer perguntas. Se por acaso não entendêssemos uma palavra ou uma explicação, a culpa era nossa. Ser obrigado a seguir regras estritas e ficar confinado era motivo de orgulho, como ter um privilégio. O uniforme obrigatório nas instituições privadas constituía uma prova visível da perfeição.

Os programas dos cursos nunca mudavam, líamos *Médico à força* no quinto ano, *Artimanhas de Scapino*, *Os litigantes* e o poema "Les pauvres gens", de Victor Hugo, no sexto, *O Cid* no sétimo etc., e também os manuais eram os mesmos. O de história era o Malet-Isaac, geografia, o Demangeon, e de inglês, o Carpentier-Fialip. Este bloco de conhecimento se destinava a uma minoria cuja inteligência e progressão se consolidavam a cada ano, do *rosa rosam* ao *Roma o único objeto do meu ressentimento* até a relação de Chasles e a trigonometria. Enquanto isso, a maioria continuava resolvendo de cabeça as contas e os problemas matemáticos envolvendo trens e cantando *A Marselhesa* no exame oral para conseguir um certificado. Ser aprovado nesse exame, ou obter um diploma, era um grande acontecimento que chegava a ser celebrado nos jornais que publicavam o nome dos felizardos. Os reprovados precisavam lidar precocemente com o peso de não serem dignos, de que não eram *capazes*. O elogio da educação presente em várias camadas do discurso escondia o seu alcance limitado.

Ao cruzar na rua com uma antiga colega da escola que estava fazendo um estágio ou matriculada em um dos cursos profissionalizantes do colégio Pigier, nem pensávamos em parar para cumprimentá-la, assim como a filha do notário fazia conosco. O bronzeado reluzente que ela exibia depois de uma temporada praticando esportes de inverno era um indício de sua condição superior. Fora da escola, ela não nos dirigia sequer um olhar.

O trabalho, o esforço e a vontade eram parâmetros para avaliar os comportamentos. No dia das premiações, recebíamos livros que exaltavam o heroísmo dos pioneiros da aviação, dos generais e dos colonizadores, Mermoz, Leclerc, Lattre de Tassigny, Lyautey. A coragem no dia a dia também não ficava de lado, era preciso admirar o pai de família, "este aventureiro do mundo moderno" (Péguy), "a vida humilde dos trabalhos repetitivos e fáceis" (Verlaine), comentar nas redações as frases de Georges Duhamel e de Saint-Exupéry, "a lição de energia dos heróis de Corneille", mostrar "como o amor pela família conduz ao amor pela pátria" e de que maneira o "trabalho afasta de nós três grandes moléstias, o tédio, o vício e a necessidade" (Voltaire). Líamos as revistas *Vaillant** e *Âmes vaillantes*.**

Com o intuito de fortalecer nos jovens esses ideais, prepará-los fisicamente e mantê-los afastados da preguiça e das atividades debilitantes (leitura e cinema), criar "rapazes elegantes" e "moças de bem, distintas e direitas", aconselhava-se às famílias que mandassem seus filhos para associações como as dos Lobinhos, dos Pioneiros, dos Guias e das Escoteiras, dos Cruzados, e o movimento educacional dos *Francs et Franches Camarades*. Ao

* Revista em quadrinhos ligada ao Partido Comunista Francês, lançada em 1945 e posteriormente substituída pela *Pif gadget*. (N. E.)

** Jornal ilustrado católico para jovens mulheres lançado em 1937. (N. E.)

passar a noite em torno de uma fogueira no mato ou amanhecer o dia numa trilha erguendo uma bandeira aos gritos escoteiros *Acampei lá na montanha*, concretizava-se a união mágica da natureza, da ordem e da moral. Nas capas de *La Vie Catholique* e do *L'Humanité*, os rostos radiantes olhavam para o futuro. *Filhos e filhas da França, esta juventude sadia está pronta para assumir a responsabilidade dos mais velhos Resistentes*, foi o que bradou o presidente René Coty, em seu discurso vibrante, de julho de 1954, na Place de la Gare. Ele se dirigia a uma multidão de alunos reunidos representando suas escolas, enquanto caía o maior aguaceiro e, no céu, passavam nuvens carregadas de um verão que seria totalmente chuvoso.

Por debaixo destes ideais e de uma visão clara das coisas, todos sabiam que se abria um território informe, pegajoso, contendo palavras e objetos, imagens e comportamentos: as meninas que engravidavam, o tráfico de mulheres brancas, os cartazes do filme *Caroline chérie*, os preservativos, as misteriosas propagandas de "higiene íntima, discrição garantida", as capas do jornal *Guérir*, "as mulheres só ficam férteis três dias por mês", as crianças frutos do amor, os atentados ao pudor, Janet Marshall estrangulada com o sutiã em um bosque por Robert Avril, o adultério, as palavras como lésbica, pederasta, volúpia, os pecados inconfessáveis, os abortos espontâneos, os maus modos, os livros proibidos, a canção "Tout ça parce qu'au Bois de Chaville",* a união livre, ad infinitum. Uma quantidade enorme de coisas inomináveis — pertencentes somente ao campo dos adultos — que diziam respeito aos órgãos genitais e seus usos. O sexo pautava todas as suspeitas da sociedade, que enxergava seus sinais em tudo: nos

* Canção que conta a história de um encontro amoroso na floresta de Chaville do qual nasce uma criança cujos infortúnios o cantor antevê. (N. E.)

decotes, nas saias justas, no esmalte vermelho, nas roupas de baixo pretas, no biquíni, nas relações sociais entre homens e mulheres, no escurinho do cinema, nos banheiros públicos, nos músculos do Tarzan, nas mulheres que fumam e cruzam as pernas, no gesto de mexer nos próprios cabelos em sala de aula etc. O sexo era o primeiro critério para avaliar o comportamento das moças, que eram divididas entre as que tinham condutas "certas" e "erradas". Na porta da igreja, a "cota de moralidade" que julgava os filmes da semana só dizia respeito ao sexo.

Mas dávamos um jeito de contornar a vigilância, íamos assistir a *Manina*, *Fúria de amor* com Françoise Arnoul. Gostaríamos de poder ser como as heroínas, ter a liberdade de se comportar como elas. Mas, em meio aos livros, filmes e imposições da sociedade, estava o espaço de interdição e de julgamento moral; não tínhamos o direito de nos identificar com elas.

Nestas condições, eram intermináveis os anos de masturbação antes de podermos fazer amor no casamento. Tínhamos de conviver com o desejo de experimentar esse prazer que, para nós, era reservado aos adultos. Ele tinha de ser satisfeito custasse o que custasse, apesar de todas as rezas e tentativas de distração, e nós seguíamos carregando um segredo que era atribuído aos perversos, às histéricas e às prostitutas.

Havia no dicionário Larousse a seguinte definição:
onanismo: conjunto de meios adotados para provocar artificialmente o prazer sexual. Frequentemente o onanismo provoca acidentes muito graves; também devem-se vigiar as crianças quando se aproxima a puberdade. Recomenda-se o uso alternado de brometos (sedativos), hidroterapia, ginástica, exercícios, tratamentos na montanha, medicamentos ferruginosos e arsênicos etc.

Todos se masturbavam na cama ou no banheiro, debaixo do olhar de toda a sociedade.

Os rapazes tinham orgulho de ir para o serviço militar e, para nós, eles ficavam charmosos no uniforme de soldados. No dia do alistamento, eles saíam à noite para comemorar nos bares a glória de serem reconhecidos como homens de verdade. Antes do serviço militar, eram considerados meninos e nada valiam para o mercado de trabalho ou para o casamento. Depois, poderiam ter uma mulher e filhos. O uniforme que exibiam nos dias de folga ao passear pelo bairro conferia aos soldados uma beleza patriótica e uma aura de sacrifício ritual. Ao redor deles pairava a sombra dos combatentes vitoriosos, os GIs americanos. O tecido áspero da farda que roçávamos ao ficarmos na ponta dos pés para beijá-los tornava bem concreta a divisão entre os universos masculino e feminino. Ao olhar para eles, éramos invadidas por um sentimento de heroísmo.

Debaixo da superfície das coisas inalteráveis — os cartazes do circo do ano anterior com a foto de Roger Lanzac, as imagens da Primeira Comunhão distribuídas aos colegas, o *Club des chansonniers*, na rádio Luxembourg — novos desejos chegavam. Nas tardes de domingo, as pessoas se apertavam diante da vitrine da loja de eletrodomésticos para ver a televisão. Os cafés investiam na compra de um aparelho para atrair a clientela. Ao redor dos morros, pistas de motocross tinham sido construídas e passávamos o dia inteiro vendo as máquinas com seus ruídos ensurdecedores subindo e descendo. O comércio absorvia com uma crescente ansiedade as novas palavras de ordem, "iniciativa", "dinamismo", abalando a rotina das cidades. A quinzena de liquidação passava a fazer parte do calendário da primavera, ao lado do parque de diversões itinerante e da quermesse. Nas ruas do centro, os alto-falantes estimulavam os pedestres ao consumo. Aos berros, entre canções de Annie Cordy e de Eddie Constantine, anunciavam aos consumidores sorteios de automóveis da Simca e de uma sala de jantar completa. Na praça da prefeitura, sobre um palanque, um apresentador local arrancava gargalhadas da plateia contando piadas de Roger Nicolas e de Jean Richard e recrutava candidatos para as competições inspiradas em programas de rádio, como *O anzol* ou *Tudo ou nada*. Sentada em um canto do palanque, sobre um trono, usando uma coroa, ficava a Rainha do Comércio. As mercadorias garantiam seu espaço em meio ao colorido da festa. As pessoas diziam "as coisas mudam" ou "não fique enfurnado, a gente embrutece se não sair de casa".

Uma alegria difusa tomava conta dos jovens de classe média. Eles organizavam festas surpresas dançantes e inventavam uma língua nova, a cada frase diziam "que lesado", "um barato!", "caramba!", "pra cachorro", se divertiam imitando o sotaque de Marie-Chantal,* jogavam pebolim e chamavam a geração dos pais de "decrépita". Yvette Horner, Tino Rossi e Bourvil provocavam gargalhadas nos jovens. De forma confusa, buscávamos modelos para a nossa idade. E ficávamos entusiasmados com Gilbert Bécaud e as cadeiras quebradas de seu show. Ouvíamos a rádio Europe nº 1, que tocava somente música, canções e publicidade.

* Personagem criada em 1956, Marie-Chantal é uma *grande bourgeoise* que despreza qualquer realidade social diferente da sua. (N. E.)

Em uma foto em preto e branco, duas moças em uma ruela, ombro com ombro, ambas com os braços para trás. Ao fundo, arbustos e um muro de tijolo; no alto, o céu com imensas nuvens brancas. No verso da foto: *julho de 1955, no jardim do internato Saint-Michel.*

À esquerda, a mais alta das duas, loira com cabelo curto desgrenhado, de vestido claro e meias soquete, tem o rosto na sombra. À direita, a morena com cabelo cacheado e curto, usando óculos, a testa alta, o rosto cheio iluminado pela luz, veste um pulôver escuro de mangas curtas, uma saia de bolinhas. As duas usam sapatilhas, a morena está sem meia. Elas devem ter tirado o uniforme da escola para a foto.

Mesmo que não se reconheça na moça morena aquela menina de tranças na praia, que poderia tranquilamente ter se transformado na loira, é ela, e não a loira, que foi um dia aquela consciência captada naquele corpo, com uma memória única, dado que permite saber que os cabelos cacheados eram resultado de uma permanente, ritual que, depois da Primeira Comunhão, ela sempre fazia em maio; que a saia dela tinha sido cortada de um vestido do verão anterior que ficou apertado, e que o pulôver tinha sido tricotado por uma vizinha. É por meio das percepções e sensações vividas por esta adolescente morena de óculos de catorze anos e meio que a escrita aqui pode registrar parte dos acontecimentos que perpassavam os anos 1950 e captar o reflexo da história coletiva projetado na tela da memória individual.

Fora as sapatilhas, não há nada na aparência desta adolescente que remeta "aos costumes" da época e que vemos nas revistas de moda e nas lojas das cidades grandes, saia longa escocesa até abaixo do joelho, pulôver preto e um medalhão no pescoço, rabo de cavalo com franja no estilo Audrey Hepburn em *Férias em Roma*. A foto poderia datar do fim dos anos 1940 ou do início dos 1960. Aos olhos de todos aqueles que nasceram depois, ela é simplesmente antiga, faz parte da pré-história de si, onde todas as vidas precedentes se nivelam. Porém, a luz que ilumina uma parte do rosto da moça e o pulôver, na região entre os seios que despontam, provocou nela uma sensação de calor de um sol de junho de um ano que, tanto para os historiadores como para aqueles que viveram a época, não pode se confundir com nenhum outro, 1955.

Talvez ela não perceba a distância que a separa das outras moças da turma, com quem seria inimaginável aparecer em alguma foto. É uma distância que se percebe nas distrações, no modo como passam o tempo fora da escola, no estilo de vida, e que a afasta tanto das meninas chiques quanto das que já trabalham em escritórios ou oficinas. Talvez ela perceba essa distância, mas não dá muita importância.

Ela nunca foi a Paris, que fica a 140 quilômetros dali, nem às festas dançantes, ela não tem vitrola. Enquanto faz o dever de casa, fica ouvindo música no rádio e anota as letras das canções em um caderno, depois passa o dia inteiro com elas na cabeça, andando, assistindo à aula, *toi qui disais qui disais que tu l'aimais qu'as-tu fait de ton amour pour qu'il pleure sous la pluie*.

Não fala com os rapazes, mas pensa neles o tempo todo. E queria já ter permissão para usar batom, meia-calça e salto alto (fica envergonhada com as meias soquete, que tira logo que sai de casa), pois deste modo poderia mostrar que pertence à categoria das moças e que já pode ser cortejada na rua. Como treinamento, sai aos domingos de manhã, depois da missa, para "perambular" pela rua na companhia de duas ou três amigas também de origem "simples", cuidando para nunca infringir a rigorosa lei materna do *horário* ("quando digo tal hora, quero dizer tal hora, nem um minuto a mais"). E compensa a restrição quanto às saídas mergulhando na leitura dos folhetins de jornal, *Les Gens de Mogador*,

O bisturi mágico, *A prima Raquel*, *A cidadela*. Com frequência, tem fantasias de estar em histórias e encontros imaginários que terminam à noite com orgasmos debaixo dos lençóis. Imagina que é prostituta e fica admirando a loira da foto e as colegas da turma um ano acima da sua, e outra vez torna a ficar molhada. Ela gostaria de ser elas.

No cinema, viu *A estrada da vida*, *Le Défroqué*, *Os orgulhosos*, *As chuvas de Ranchipur*, *A bela de Cadiz*. O número de filmes que não pode ver mas gostaria — *Filhos do amor*, *Amor de outono*, *Companheiras da noite* etc. — é maior do que os autorizados.

(Passear na cidade grande, sonhar, ter orgasmos e esperar, eis um resumo possível de uma adolescente morando no interior.)

O que será que ela guarda como conhecimento de mundo, fora o saber acumulado até o oitavo ano? Quais acontecimentos deixaram marcas em sua vida e quais notícias farão com que diga, no futuro, "eu me lembro disso" quando uma frase ouvida ao acaso evocar uma situação específica?
a grande greve de trens do verão de 1953
a queda de Dien Bien Phu
a morte de Stálin anunciada no rádio em uma fria manhã de março, bem na hora de ir para a escola
os alunos das turmas mais novas em fila na cantina para tomar um copo de leite de Mendès France*
o cobertor feito com pedaços tricotados por todos os alunos e enviado ao Abbé Pierre, cuja barba era pretexto para histórias maliciosas

* Em 1954, o primeiro-ministro Pierre Mendès France lançou uma campanha de incentivo ao consumo de leite para combater a desnutrição infantil e o alcoolismo entre adultos. (N. E.)

a monumental campanha de vacinação, de toda a cidade, na prefeitura, contra a varíola, porque muita gente tinha morrido em Vannes
as inundações na Holanda

Provavelmente não vêm à sua memória as últimas mortes em uma emboscada na Argélia, episódio recente nos conflitos que, só depois ela saberá, tiveram início no Dia de Todos os Santos, em 1954. Ela vai rever a si mesma neste dia sentada em seu quarto, perto da janela, os pés sobre a cama, observando os convidados da casa em frente saírem ao jardim, um depois do outro, para urinar atrás de um muro escondido, de modo que ela não se esquecerá mais da data da insurreição argelina e nem daquela tarde do Dia de Todos os Santos, do qual guardará uma imagem nítida, uma espécie de episódio puro, uma jovem mulher de cócoras na grama que se levanta abaixando a saia.

Na mesma caixinha de memórias não oficiais, aquelas das coisas impensáveis, vergonhosas ou difíceis de formular, encontramos também:
a mancha marrom no lençol que a mãe tinha herdado da avó falecida havia três anos — mancha indelével, que atrai e repele violentamente, como se estivesse viva
a cena entre seus pais, no domingo antes da prova para entrar no sexto ano, no qual seu pai quis dar um sumiço na mãe trancando-a no porão perto da bancada onde ficava pregada a foice
a lembrança que lhe vem todos os dias quando, na rua, a caminho da escola, passa em frente a um lugar aterrado onde ela viu, num domingo de janeiro dois anos antes, uma menina com um casaco pesado curto brincando de enfiar um pé na argila empapada de água. A pegada ainda estava ali no dia seguinte e permaneceu durante meses.

As férias serão uma vasta imensidão de tédio e de pequenas atividades para preencher os dias:

ouvir a chegada de cada etapa do Tour de France, colar a foto dos vencedores em um caderno especial
anotar de que região são as placas dos automóveis que vemos na rua
ler no jornal local os resumos dos filmes que ela não vai ver, dos livros que ela não vai ler
bordar um porta-absorvente
espremer cravos da pele e depois passar a loção Eau Précieuse e rodelas de limão
ir à cidade comprar xampu e um livro da coleção Petit Classique Larousse, sem erguer o olhar quando passa pelo café onde os rapazes ficam jogando fliperama

O futuro é imenso demais para que ela imagine como será. Um dia ele vai chegar, e pronto.

Quando ouve as crianças cantando no pátio na hora do recreio, *Cueillons la rose sans la laisser flétrir*, tem a sensação de que já não é criança há muito, muito tempo.

Em meados dos anos 1950, os adolescentes ficavam na mesa durante as refeições em família ouvindo o assunto dos adultos, mas sem se envolver, sorrindo educadamente para as piadas que normalmente não achariam engraçadas, para comentários de aprovação relativos a eles próprios, que enalteciam seu desenvolvimento físico, e para alguma indecência dita na mesa com o propósito de deixá-los envergonhados. Se contentavam em responder às perguntas cuidadosas sobre seus estudos. Ainda não se sentiam à vontade para entrar de modo legítimo na conversa geral, por mais que o vinho, o licor e o cigarro, autorizados na hora da sobremesa, marcassem o início da entrada deles no círculo dos adultos. O clima tão agradável e festivo à mesa, onde o julgamento social estava mais atenuado, se transformava em amenidades e pairava sobre todos. Mesmo os que tiveram graves desavenças no ano anterior ali se viam reconciliados, um passando a tigela de maionese para o outro. Sentíamos certo tédio, mas não a ponto de preferir estar no dia seguinte na aula de matemática.

Depois dos comentários sobre os pratos que comíamos — que despertavam lembranças dos mesmos pratos que tinham sido comidos em outras circunstâncias — e das dicas sobre a melhor maneira de prepará-los, as conversas à mesa se voltavam para a existência dos discos voadores, o Sputnik, quem iria primeiro à Lua, americanos ou russos, os alojamentos de emergência construídos por Abbé Pierre, e o alto custo de vida. A guerra acabava voltando à cena. Lembravam-se do Êxodo, dos bombardeios, as privações do pós-guerra, os *zazous*, as calças de golfe. Aquela era a história do nosso nascimento e de nossa primeira infância, que ouvíamos com uma nostalgia indefinível, a mesma experimentada ao recitar, com entusiasmo, "Rappelle-toi, Barbara", copiado num caderninho de poemas. Contudo, no tom de voz havia certo distanciamento. Alguma coisa se fora com a morte dos avós que tinham vivido as duas guerras, o crescimento das crianças, a reconstrução completa das cidades, o progresso e os móveis pagos à prestação. As lembranças de privações da época da Ocupação e da infância vivida no campo se distanciavam para um passado longínquo. Havia uma convicção real de que a vida estava melhor.

Já não se falava mais da Indochina, tão distante e exótica — "dois sacos de arroz suspensos de um lado e de outro por um caule de bambu", segundo o manual de geografia — e perdida, sem grandes arrependimentos, em Dien Bien Phu. Só tinham ido para os combates os mais exaltados ou os sem emprego, engajados voluntariamente. Este conflito não tinha entrado na vida das pessoas. À mesa, ninguém desejava criar um clima lembrando os problemas com a Argélia, que não se sabia ao certo como tinham começado. Mas todos concordavam (e nós também, pois havíamos estudado para a prova de conclusão do ensino fundamental) que a Argélia, com seus três departamentos, fazia parte da França, bem como um grande pedaço da África onde as posses francesas cobriam metade do continente no mapa. Alguém precisava conter toda aquela rebelião, acabar com os "ninhos de *fellaghas*", aqueles assassinos velozes cuja sombra traidora era vista de relance no rosto moreno do vendedor ambulante *sidi-meu-amigo,* que carregava tapetes nas costas e, apesar de tudo, era muito gentil. O ritual de escárnio aos árabes e às palavras usadas por eles era constante (oh, sua *moukère* [mulherzinha], vai, isso, mete o nariz na cafeteira pra ver se está quente) e, somado a isso, havia a certeza de que eles eram uns selvagens. Portanto, nada mais normal que os soldados tenham sido enviados para restabelecer a ordem, mesmo que a opinião geral fosse de tristeza pela perda de um rapaz de vinte anos que deveria se casar, cuja foto aparecia no jornal local com a legenda "caiu numa emboscada". Eram tragédias individuais, mortes isoladas. Não havia inimigo, nem combatente ou batalha. Nem mesmo um sentimento de guerra. A próxima seria no Leste, com tanques russos, como em Budapeste, para destruir o mundo livre e seria inútil fugir pelas estradas como em 1940, a bomba atômica não dava nenhuma chance. Já tínhamos escapado por pouco da Crise de Suez.

Ninguém falava sobre os campos de concentração, apenas de passagem, a propósito de um parente ou outro que tinha morrido em Buchenwald, seguindo-se um silêncio pesaroso. O assunto tinha virado uma desgraça pessoal.

Na hora da sobremesa, ninguém cantava mais as canções patrióticas de depois da Libertação. Os pais entoavam "Parlez-moi d'amour", os jovens, "Mexico", e as crianças, "Ma grand-mère était cow-boy". Para nós, seria vergonhoso puxar, como antes, "Étoile des neiges". Sob a pressão geral para cantarmos, fingíamos não conhecer nenhuma letra inteira, certos de que Brassens e Brel estragariam a felicidade do momento. Era preciso encontrar canções que já tivessem agradado em outras refeições ou levado às lágrimas, discretamente secadas com o canto do guardanapo. Estava fora de cogitação revelar nosso gosto musical para os adultos, eles não entenderiam nada, não sabiam nenhuma palavra de inglês, com exceção do *fuck you* aprendido na Libertação, e ignoravam a existência de The Platters e Bill Haley.

No dia seguinte, no silêncio da sala de aula, quando nos invadia um sentimento de vazio, mesmo querendo disfarçar ou achar que, na véspera, tínhamos permanecido alheios e entediados, sabíamos que o encontro com a família tinha sido um dia de comemoração.

O número de jovens que tinha a sorte de continuar estudando era pequeno. Imersos no tempo infinitamente longo dos estudos — em meio ao sinal que marcava as horas de aula, ao vaivém das redações trimestrais, às explicações intermináveis de *Cinna* e de *Ifigênia*, à tradução de *Pro Milone* —, tínhamos a sensação de que nunca acontecia nada. Anotávamos frases de escritores sobre a vida, descobrindo a alegria de se imaginar experimentando aquelas formulações brilhantes, *existir é beber sem estar com sede*. O sentimento de absurdo e a náusea nos invadiam. O corpo oleoso da adolescência se encontrava com o ser "excessivo" do existencialismo. Colávamos nas folhas de um fichário fotos de Brigitte Bardot em *E Deus criou a mulher*, gravávamos na carteira de madeira as iniciais de James Dean. Copiávamos poemas de Prévert e canções de Brassens proibidas no rádio, "Je suis un voyou" e "La Première Fille". Líamos escondidos *Bonjour tristesse* e os *Três ensaios sobre a teoria da sexualidade*. O campo dos desejos e das proibições se tornava gigantesco. A possibilidade de um mundo sem pecados se entreabria. Os adultos suspeitavam que estávamos sendo *corrompidos* pelos escritores modernos e que não *respeitávamos* mais nada.

A curto prazo, nosso desejo mais urgente era ter uma vitrola e ao menos alguns vinis, objetos caros que poderíamos aproveitar sozinhos incontáveis vezes até enjoar, ou com amigas que pertenciam ao grupo mais moderninho, como aquela colega endinheirada que usava sobretudos de lã, se referia aos pais como "meus velhos" e se despedia dos outros dizendo *ciao*.

Éramos apaixonados por jazz, música gospel feita pela comunidade negra americana e rock 'n' roll. Todas as músicas cantadas em inglês ganhavam uma aura de beleza misteriosa. *Dream*, *love*, *heart*, palavras puras, sem um uso prático, davam um sentimento de transcendência. A sós, no segredo do quarto, fazíamos uma orgia com o mesmo disco, era como uma droga que raptava o pensamento, fazia o corpo explodir e abria à nossa frente um mundo diferente cheio de violência e amor — dando pistas de como deveriam ser as festas que ainda não podíamos frequentar. Elvis Presley, Bill Haley, Armstrong, The Platters encarnavam a modernidade e o futuro. Eles cantavam para nós, jovens, e somente para nós, deixando para trás o gosto antiquado de nossos pais e a ingenuidade de certa canção francesa interiorana, "Le Pays du sourire", André Claveau e Line Renaud. Tínhamos o sentimento de pertencer a um círculo de iniciados. Apesar disso, "Les Amants d'un jour" ainda nos deixava arrepiados.

Outra vez chegava o silêncio das férias, interrompido apenas por barulhos isolados, diferentes, típicos de uma cidade do interior, os passos de uma mulher indo fazer compras, um carro deslizando, o martelar de uma oficina de soldagem. Gastavam-se as horas com tarefas mínimas, atividades que eram estendidas ao máximo, arquivar os deveres de casa do ano, arrumar o armário, ler um romance se esforçando para não terminar rápido demais. Nos olhávamos no espelho, impacientes para os cabelos ficarem longos o bastante para um rabo de cavalo. Ansiávamos pela visita improvável de uma amiga. Na hora do jantar, insistiam para que falássemos alguma coisa e, se deixássemos comida no prato, a reprovação era certa, "se tivesse passado fome durante a guerra, não teria frescura pra comer". Contra os desejos que nos inquietavam, a sabedoria dos limites, "você exige muito da vida".

Depois de se cruzarem muitas vezes na rua, sempre em grupos separados, e de trocarem olhares aos domingos na saída da missa ou do cinema, moças e rapazes paravam para conversar. Os rapazes imitavam os professores, faziam jogos de palavras e anagramas, chamavam uns aos outros de "virgens", interrompiam-se, "chega de contar sua vida, que tédio", "qual é o mote do espremedor de batata? esmague e siga em frente", "você tem fogão em casa? vai fritar um ovo". Eles se divertiam horrores falando baixinho para o outro não ouvir e gritando em seguida, "é que masturbação causa surdez". Fingiam tapar os olhos quando alguém fazia uma careta mostrando a gengiva e diziam "a gente já viu muito horror na época da guerra". Achavam que tinham o direito de dizer qualquer coisa, eram os donos da palavra e do humor. Pegavam pesado nas histórias sacanas, cantavam músicas de duplo sentido. As moças sorriam tímidas. Mesmo não achando muita graça, ficavam orgulhosas, afinal era um espetáculo ver os rapazes se exibindo e rodopiando em torno delas. E, graças a eles, aprimoravam o estoque de palavras e expressões que fazia com que elas parecessem modernas aos olhos das colegas ao dizer *capotar na cama*, um *blue jeans* etc. Mas a pergunta que pairava no ar e nos deixava angustiadas era o que dizer a eles quando estivéssemos a sós. Antes de irmos a um primeiro encontro, era necessária a ajuda do grupo e de sua presença para nos apoiar.

A distância que separa o passado do presente talvez possa ser medida pela luz que se espalha no chão pelo meio das sombras, deslizando nos rostos, desenhando a dobra de um vestido, com uma claridade de lusco-fusco de uma foto em preto e branco, independentemente da hora em que foi tirada.

Nessa foto, uma menina alta com cabelos escuros até o ombro, lisos, o rosto arredondado, os olhos piscando por causa do sol, está de lado, com o corpo levemente deslocado de modo a destacar a curva de suas coxas que, apertadas sob uma saia reta até o meio da perna, tornam-se mais finas. A luz toca na superfície da bochecha direita e acentua o peito que desponta por baixo do pulôver branco com gola de boneca. Um braço está escondido, o outro pende, a manga arregaçada depois um relógio e a mão grande. A diferença para a foto no jardim da escola é impressionante. Fora as bochechas e o formato dos seios, mais desenvolvidos, não lembra a menina de dois anos antes, de óculos. Ela está posando em um pátio aberto dando para a rua, diante de um galpão, com a porta remendada, como se via no campo e nos subúrbios das cidades. Ao fundo, três troncos de árvores plantadas sobre um rochedo alto se destacam contra o céu. No verso da foto, *1957, Yvetot*.

Sem sombra de dúvida ela pensa apenas em si própria neste exato momento em que sorri, pensa nesta imagem de si mesma que fixa a moça que ela sabe que está se tornando:
quando, na ilha que é seu quarto, ouve Sidney Bechet, Édith Piaf e *As 33 rotações de jazz*, da Guilde Internationale du Disque
quando escreve, num caderno de anotações, frases que prescrevem como viver — o fato de estarem em um livro confere a elas um peso de verdade, *a felicidade real só existe quando nos damos conta de que a estamos sentindo*

Agora ela sabe o lugar que ocupa na escala social — sua casa não tem geladeira nem banheiro, a privada fica no quintal e ela nunca foi a Paris —, abaixo de suas colegas de turma. Ela espera que as colegas não percebam isso ou que lhe perdoem, já que afinal ela é "divertida" e "descontraída", e diz coisas como "meu cantinho" para se referir ao quarto e "isso é de arrepiar".

Toda sua energia está focada em "fazer um tipo". Sua maior preocupação é com os óculos de míope que deixam os olhos pequeninos e trazem um ar de "CDF". Mas quando ela tira os óculos, não reconhece ninguém na rua.

Quando imagina o futuro mais longínquo — depois da escola —, seu corpo e sua aparência seguem o modelo das revistas femininas: ela é magra, com cabelos longos esvoaçantes nas costas, parece a Marina Vlady em *A bruxa*. Virou professora em algum lugar, talvez no interior, e tem seu próprio carro, sinal máximo de emancipação, com um motor de potência de dois ou quatro cavalos. É livre e independente. Por cima dessa imagem, projeta também a sombra de um homem, desconhecido, que ela encontrará como na canção de Mouloudji, "Un jour tu verras", ou eles vão se atirar um nos braços do outro, como Michèle Morgan e Gérard Philipe no final de *Os orgulhosos*. Ela está segura de que deve "se guardar pra ele" e se sente culpada em relação ao seu grande amor por já conhecer o prazer sozinha. Embora tenha anotado em um caderno os dias em que não corre o risco de engravidar segundo a tabelinha, ela é puro sentimentalismo. Entre sexo e amor, eis um abismo gigantesco.

A vida dela depois da escola é uma escada que se perde na neblina.

Na pouca memória que tem aos dezesseis anos, apenas o mínimo necessário para agir e existir, ela vê a própria infância como uma espécie de filme mudo colorido, em que surgem e se misturam imagens de tanques e escombros, de pessoas mais velhas que já se foram, de frases de felicitação escritas ou decoradas para o dia das mães, das tirinhas de Bécassine, do retiro da Primeira Comunhão e dos jogos de bola. Também não tem vontade de lembrar dos anos mais recentes, em que as coisas não passam de um misto de inadequação e constrangimento, como ficar fantasiando que é uma dançarina de music hall, fazer permanentes para cachear o cabelo, ou se envergonhar das meias soquete.

Ela não tem como saber que guardará na memória deste ano de 1957:
o bar do cassino na praia em Fécamp onde, em uma tarde de domingo, ficou fascinada com um casal que dançava sozinho na pista, lentamente, os dois abraçados enquanto tocava um blues. A mulher, alta e loira, usava um vestido branco todo plissado. Os pais, que ela tinha levado para o bar contra a vontade deles, se perguntavam se teriam dinheiro suficiente para pagar a consumação mínima
o banheiro gélido, no pátio da escola, em um dia de fevereiro, para onde ela teve que ir no meio da aula de matemática por causa de uma crise de enterite, nesse momento lembra de Roquentin no jardim público e pensa consigo mesma *o céu está vazio e Deus não*

responde, não sabe nomear a sensação de se sentir abandonada, com as coxas arrepiadas de tanto frio e uma dor insuportável na barriga. Também não sabe nomear o que sente nos dias em que o parque de diversões chega à cidade, nesse mesmo pátio da foto, quando ouve, por detrás das árvores, a voz dos alto-falantes, as músicas e os anúncios misturados em um rumor incompreensível. É como se ela estivesse fora da festa, separada de qualquer coisa anterior.

Sem dúvida, ela também recebe informações e notícias do mundo deste mesmo modo refratário, misturando sensações, sentimentos e imagens — sem nenhum sinal da ideologia das coisas. Assim, ela vê:
a Europa dividida em duas por uma muralha de ferro, na parte ocidental, o sol e as cores, na oriental, a sombra, o frio, a neve e os tanques soviéticos que um dia vão atravessar a fronteira da França, se instalar em Paris, como em Budapeste, os nomes de Imre Nagy e Kadar a deixam obcecada, ela repete as sílabas de cada um lentamente
a Argélia como uma terra queimada de sol e sangue, cheia de emboscadas envolvendo homenzinhos usando albornozes esvoaçantes, imagem tirada do livro de história do nono ano que narra a conquista da Argélia, em 1830, acompanhada de uma reprodução da tela *La Prise de la smala d'Abd el-Kader*
os soldados mortos em Aurés, na Argélia, parecem com "O adormecido do vale", poema de Rimbaud, e estão deitados na areia onde *chovia luz* com *dois furos vermelhos no lado direito do corpo*

Essas representações deveriam significar um aval à repressão dos rebeldes, mas foram comprometidas por uma foto, publicada em um jornal local, de jovens franceses elegantemente vestidos conversando na saída de uma escola em Bab el-Oued. Como se o motivo pelo qual morriam soldados de vinte anos fosse mais difícil de ser justificado.

Nada disso aparece no diário que ela começou a fazer, onde descreve o tédio que sente e a espera por um grande amor com um vocabulário romanesco e grandiloquente. Em certo ponto, diz que deve escrever um trabalho sobre *Polieucto*, de Corneille, mas prefere os romances de Françoise Sagan, "embora fundamentalmente imorais, trazem um quê de verdade".

As pessoas acreditavam ter uma vida cada vez melhor graças às coisas que tinham. De acordo com as possibilidades de cada um, trocavam o forno a carvão por um fogão a gás, a mesa de madeira forrada com uma toalha protetora por uma com tampo de fórmica, o carro de potência de quatro cavalos por um Dauphine, substituíam um barbeador mecânico e um ferro de passar por seus equivalentes elétricos, os utensílios de metal pelos mesmos de plástico. O item mais desejado de todos, e também o mais caro, era o carro, sinônimo de liberdade e de domínio completo do espaço, de certa maneira, do mundo. Aprender a dirigir e tirar a carteira de motorista eram uma vitória, saudada por todos como ter um diploma.

As pessoas se inscreviam em cursos a distância para aprender desenho, inglês, jiu-jitsu ou secretariado. Hoje em dia, diziam, é preciso saber mais do que antes. Alguns já não temiam sair de férias para países estrangeiros sem conhecer a língua, como mostravam as placas dos carros que traziam um *F*, de França, antes do número, exigência para quem saía do país. As praias ficavam abarrotadas aos domingos com corpos de biquíni, expostos ao sol em meio à indiferença ao mundo. Ficar sentado nas pedras, molhar apenas os pés erguendo a saia eram hábitos quase extintos. Diziam dos tímidos ou dos que não cediam à alegria coletiva, "este aí tem um monte de complexos". Estava inaugurada a "sociedade de lazer".

Porém, todos se irritavam com a política, com os presidentes do Conselho que viviam em uma dança das cadeiras a cada dois meses, e com os jovens sem tréguas enviados para as mortes em emboscadas. Queriam paz na Argélia, e não uma segunda Dien Bien Phu. Eram a favor do pujadismo. E repetiam: "onde vamos parar?". O golpe de Estado de 13 de maio em Argel trouxe uma crise grave, todos começaram a estocar quilos de açúcar e litros de óleo prevendo uma guerra civil, e acreditavam que a salvação, para a Argélia e a França, era o general De Gaulle. Estavam aliviados por poder contar com o salvador de 1940, sabendo que ele aceitaria, magnânimo, retomar as rédeas do país e que todos seriam protegidos pela enorme sombra daquele homem cuja estatura, motivo de piadas constantes, era a prova visível de seu caráter sobre-humano.

Nós, que tínhamos a lembrança do rosto magro debaixo do quepe, o pequeno bigode de antes da guerra, estampado nos cartazes da cidade em ruínas, e que não tínhamos ouvido a chamada de 18 de junho, ficamos aturdidos e decepcionados ao ver as bochechas caídas e as sobrancelhas espessas de burocrata acomodado, aquela voz tomada pelo tremor de um idoso. O personagem vindo de Colombey permitia mensurar, de modo grotesco, o tempo decorrido da infância até hoje. E tínhamos vontade de pôr um fim naquela situação que nos parecia, enquanto aprendíamos seno e cosseno e estudávamos com os livros de Lagarde et Michard,* o começo de uma revolução.

"Ter sido aprovado nas duas provas de conclusão do secundário" — a primeira no fim do segundo ano, a outra no ano seguinte — era

* Livro didático em dez volumes sobre literatura francesa da Idade Média até o século 21, lançado em 1948 e adotado nas escolas por décadas. (N. E.)

um sinal incontestável da superioridade intelectual e a certeza de êxito social no futuro. Para a maioria das pessoas, as provas e concursos feitos na vida adulta não teriam tanta importância, achavam apenas que "era bom ter conseguido chegar ali".

Em consonância com a trilha sonora do filme *A ponte do rio Kwai*, nos sentíamos fazendo parte do verão mais belo de nossas vidas. De repente, ser aprovado nas provas de conclusão do secundário nos dava uma existência social, como se tivéssemos feito por merecer a confiança depositada pela comunidade adulta em nós. Os pais faziam visitas à família e aos amigos para contar a notícia gloriosa. Sempre alguém dava um jeito de contar piadinhas sobre a prova, que se chamava "bac": "eu também passei no *bac*, atravessei o rio na cidade de Caude-*bac*". Julho começava a se parecer com o do ano anterior, era difícil fazer o tempo passar com leituras, discos e poemas. A euforia se dissipava. Era preciso imaginar como teriam sido as férias caso não tivéssemos passado nas provas para voltar a valorizar a aprovação. A verdadeira recompensa seria viver uma história de amor parecida com *Marianne de ma jeunesse*. À espera deste dia, saíamos em segredo com algum paquera que, a cada encontro, ia descendo um pouco a mão, mas era preciso logo cortar relações, porque não dava para fazer amor pela primeira vez com um menino que, segundo a opinião das amigas, tinha cara de bebê.

Finalmente nossa noção de espaço se ampliava, fosse naquele verão ou em outro. Os mais ricos viajavam para a Inglaterra, iam para a Côte d'Azur com os pais. Os outros, que trabalhavam como monitores nas colônias de férias, podiam mudar de ares também, conhecer melhor a França e conseguir dinheiro para comprar os livros lançados na volta às aulas. Os monitores percorriam as estradas cantando "Pirouette cacahouète", ao lado de uma dúzia de menininhos gritando sem parar e de menininhas carentes, com um kit de primeiros socorros e um lanche na bolsa a tiracolo. Assim, ganhavam o primeiro salário da vida e um número de previdência social. Ficavam orgulhosos com as responsabilidades assumidas. Agora eram portadores provisórios do ideal laico e republicano cujos "métodos de educação ativa" constituíam uma alegre realização. Enquanto vigiavam as crianças, todas em fila só com a roupa de baixo diante dos chuveiros para o banho, ou à mesa, na esperança de um prato de arroz-doce, eles tinham a convicção de estarem participando de um modelo de ordem justo, harmonioso e bom. No fim das contas, eram férias extenuantes e gloriosas que nunca mais seriam esquecidas. Era este o sentimento diante da euforia de uma situação mista, com rapazes e moças, bem longe, enfim, da vigilância dos pais, usando calça jeans, com um cigarro Gauloise na mão, descendo as escadas e pulando os degraus de dois em dois na direção do porão de onde vinha a música da festa. Ali nossa juventude parecia completa e precária, era como se fôssemos morrer no final das férias, como no filme *A última felicidade*. E por causa dessa sensação desvairada, dançaríamos uma música lenta e logo em seguida iríamos parar em uma cama de armar ou em uma praia, com o sexo de um homem — nunca visto de verdade, só em foto —, com o sexo e esperma na boca, depois da nossa recusa em abrir as pernas por lembrarmos demais da tabelinha. Um dia branco começava, sem significado. Por cima das palavras que, logo depois de ouvidas, queríamos esquecer, *pega meu pau me chupa*, era preciso colocar as palavras de uma canção de amor, *c'était hier ce matin-là c'était hier et c'est loin déjà*, embelezar a memória, construir a ficção da "primeira vez" no modo sentimental, cercar de melancolia a lembrança de uma virgindade perdida. Se não fosse possível, nos enchíamos de doces e balas, afogávamos nossa tristeza no creme chantili e no açúcar, ou então nos purificávamos na anorexia. Mas uma coisa era certa, nunca mais daria para lembrar como era o mundo antes de experimentar ter um corpo nu encostado no seu.

A vergonha era uma assombração na vida das mulheres. A maneira como se vestiam e se maquiavam era sempre acompanhada por um "demais": curto, longo, decotado, justo, chamativo etc. A altura dos saltos, com quem anda, as saídas e voltas para casa, o fundilho da calcinha no fim do mês, tudo era objeto de uma vigilância generalizada da sociedade. Para as que eram obrigadas a deixar a casa dos pais, a sociedade provia a *Maison de la Jeune Fille*, alojamento universitário separado dos rapazes, para protegê-las dos homens e do vício. Nada, nem a inteligência, nem os estudos, nem a beleza, contava mais do que a reputação sexual de uma moça, isto é, seu valor no mercado do casamento, do qual as mães, a exemplo das próprias mães, eram as guardiãs: se fizer sexo antes do casamento, ninguém vai querer ficar com você — ficava claro, nas entrelinhas, que só alguém em condição parecida poderia aceitar, isto é, a escória masculina, um doente, um louco ou, pior, um divorciado. A mãe solteira não valia nada e não tinha nada a esperar, só a abnegação de um homem que aceitaria acolher seu erro.

Até chegar o casamento, as histórias de amor aconteciam escondidas do controle e julgamento dos outros.

Apesar de tudo, nos envolvíamos em relacionamentos que iam cada vez mais longe, fazíamos coisas que não podiam ser nomeadas em lugar algum, salvo nos manuais de medicina, felação, cunilíngua e, às vezes, sodomia. Os rapazes ridicularizavam as camisinhas e recusavam o coito interrompido da época dos seus pais. Nosso maior sonho eram as pílulas contraceptivas que, diziam, eram vendidas na Alemanha. Aos sábados, havia vários casamentos de moças de véu e grinalda que, seis meses depois, davam à luz bebês robustos e supostamente prematuros. Entre a liberdade de Brigitte Bardot, a zombaria dos caras dizendo que ser virgem fazia mal para a saúde, as imposições dos pais e da Igreja, ficávamos sem nenhuma escolha. Ninguém falava no assunto nem se perguntava por quanto tempo ainda proibiriam o aborto e morar junto sem casar. Os sinais das transformações coletivas não são perceptíveis na particularidade das vidas, a não ser, talvez, no tédio e cansaço que levam milhares de pessoas a secretamente pensarem ao mesmo tempo, "nada disso vai mudar nunca".

Na foto em preto e branco guardada dentro de uma caderneta de papel em relevo, vinte e seis moças estão organizadas em três fileiras, num pátio, debaixo das folhas de uma castanheira e diante de uma fachada com janelas formando pequenos quadrados que poderiam ser tanto de um convento, de uma escola ou de um hospital. Todas usam um jaleco branco que faz com que pareçam uma turma de enfermeiras.

Debaixo da foto, anotado à mão: *Liceu Jeanne-D'Arc — Rouen — Turma de filosofia 1958-1959*. Os nomes das alunas não foram escritos, como se tivessem certeza, no momento em que a representante de turma entregou as fotos, que se lembrariam de todas. Era impossível imaginar a si mesma quarenta anos depois como uma mulher já mais velha, observando os rostos, na época familiares, e vendo, nessa foto de turma, não mais do que três fileiras de fantasmas com os olhos de um brilhante intenso e fixos.

As moças da primeira fila estão sentadas em cadeiras, as mãos juntas sobre os joelhos, as pernas retas e fechadas ou dobradas debaixo do assento, apenas uma está de pernas cruzadas. As moças da segunda fileira — de pé — e da terceira — em cima de um banco — estão visíveis só até a cintura. O fato de apenas seis delas estarem com as mãos no bolso, sinal na época de falta de educação, mostra que o liceu é frequentado em sua maioria por filhas da burguesia. Com exceção de quatro alunas, as outras olham para a câmera com um leve sorriso. O que essas quatro estão vendo — o fotógrafo? a parede? outras alunas? — perdeu-se para sempre.

Ela está na segunda fileira, é a terceira a partir da esquerda. Não é fácil reconhecer, nesta moça, a adolescente provocante, fazendo pose, da foto anterior, tirada apenas dois anos antes. Ela está novamente de óculos e tem os cabelos presos na nuca, com uma mecha solta no pescoço. A franja encaracolada não atenua seu aspecto sério. Na expressão do rosto, não se nota sinal algum do mal-estar que ela está sentindo, provocado pelo rapaz que de algum modo a deflorou no último verão, como comprova a calcinha manchada de sangue que ela guarda escondida no meio dos livros em um armário. Nenhum sinal do que ela fez em seguida: andou pelas ruas depois da aula na esperança de revê-lo, voltou para o alojamento das moças e chorou — ficou horas estudando um assunto sem entender nada —, quando voltou para a casa dos pais no final de semana ficou ouvindo "Only You" sem parar — e se empanturrou de pão, biscoitos e chocolate.

Ela também não vê, nessa imagem, nenhum sinal do peso de estar viva do qual precisa se livrar para, assim, se apropriar da linguagem da filosofia. E poder, depois de muito ler sobre a essência e o imperativo categórico, reprimir o corpo, a vontade de comer e a ansiedade da espera pelo sangue que deveria vir no fim do mês e que não vem mais. Deve refletir sobre o real para que ele deixe de existir como tal, para que se torne uma abstração, impalpável, e seja apenas inteligência. Em algumas semanas, ela vai parar de comer, vai comprar um remédio para emagrecer, tornar-se somente uma consciência pura. Ao caminhar, depois da aula, pelo Boulevard de la Marne, que está cheio de barraquinhas do parque de diversões, a gritaria e a música vão persegui-la como a tristeza.

As vinte e seis estudantes da foto não são tão próximas a ponto de contar tudo umas às outras. Cada uma só conversa mais ou menos com umas dez, ignorando as outras e sendo ignorada por elas. Todas sabem instintivamente o que devem fazer quando se cruzam na rua perto do liceu, se devem parar ou não, se apenas sorriem ou se nem se veem. Mas da aula de metafísica à de ginástica, todas as vozes que respondem "presente" à chamada, todas as particularidades físicas, todas as roupas de umas e de outras — tudo isso está gravado na memória das outras, cada aluna da turma tem uma amostra da personalidade das outras vinte e cinco. No total, são vinte e seis visões carregadas de julgamentos e de sentimentos que circulam constantemente pela classe. Assim como as outras, ela não saberia dizer de que maneira a veem de fora, e deseja, acima de tudo, não ser vista e pertencer ao grupo das ignoradas, das boas alunas sem brilho nem autenticidade. Não sente vontade de contar que os pais são donos de um café-mercearia. Tem vergonha de sentir compulsão por comida, de não ficar mais menstruada, de não saber o significado da palavra *hypokhâgne*,* de usar imitações de camurça, mas não a verdadeira. Ela se sente muito, muito sozinha. Lê *Dusty Answer*, de Rosamond Lehmann, e tudo o que consegue da coleção Poètes d'aujourd'hui, Supervielle, Milosz, Apollinaire, *Como saber, meu amor, se você ainda me ama.*

* Curso preparatório para os cursos de artes e literatura na École Normale Supérieur, seguido pelo *khâgne*. (N. E.)

Se uma das maneiras de adquirir mais conhecimento sobre si próprio está na possibilidade de determinar como, em cada idade, cada ano de existência, o passado é representado — então, qual memória se pode atribuir a esta moça da segunda fileira? Talvez tenha apenas uma única lembrança do verão anterior, quase sem imagens, quando começou a sentir falta de um corpo, um corpo masculino. Neste momento, ela tem duas perspectivas para o futuro: 1) emagrecer e ficar loira, 2) ser livre, autônoma e útil ao mundo. Sonha em ser Mylène Demongeot e Simone de Beauvoir.

Mesmo que os soldados continuassem indo para a Argélia, era uma época de esperança e desejos, de imensos propósitos via terra, céu e mar, de discursos grandiosos e de grandes lutos, Gérard Philipe e Camus. Um dia, haveria o navio *SS France*, os aviões Caravelle e Concorde, a escola até os dezesseis anos, as casas de cultura nas regiões afastadas do país, as uniões econômicas e, cedo ou tarde, a paz na Argélia. Já havia o novo franco, a pulseira trançada *scoubidou*, os iogurtes aromatizados, o leite em caixinha e o rádio. Pela primeira vez, dava para ouvir música em qualquer lugar, na areia da praia com o som colado na cabeça ou andando na rua. A alegria despertada pelo rádio era totalmente inédita, com ele podíamos estar a sós sem estar e dispor à vontade do barulho e da diversidade do mundo.

Os jovens chegavam ao mundo em número cada vez maior e faltavam professores. Bastava ter dezoito anos e ter sido aprovado nas provas de conclusão do secundário para ser enviado a um curso preparatório para dar aulas às crianças usando a cartilha *Rémi et Colette*. Havia muitos entretenimentos para esta geração, o bambolê, as revistas para jovens, como *Salut les copains*, os programas de shows de calouros na televisão, como *Âge tendre et tête de bois*, mas não se tinha direito a nada, nem votar, nem fazer amor, nem mesmo dar uma opinião. Para ter o direito à fala, era preciso ter passado pelas provas de integração ao modelo social dominante, isto é, "ter entrado" para o magistério, os Correios ou a companhia de transportes SNCF, a Michelin, a Gillette, ou uma empresa de seguros. Em outras palavras, poder "ganhar a vida". O futuro era uma série de experiências que deveríamos ter, serviço militar de vinte e quatro meses, trabalho, casamento, filhos. Esperavam de nós que aceitássemos com naturalidade a tradição. Diante deste futuro formatado, a vontade que tínhamos era de permanecer jovens por mais tempo. O discurso e as instituições estavam atrasados em relação aos nossos desejos, mas a distância entre o dizível da sociedade e o nosso indizível nos parecia normal e irremediável, nem chegava a ser algo palpável que pudesse ser questionado. Apenas intuíamos que existia, no mais íntimo, ao assistir, por exemplo, a *Acossado*.

As pessoas estavam cansadas dos conflitos na Argélia, das bombas da OAS (Organisation Armée Secrète) colocadas nos parapeitos das janelas em Paris, do atentado do Petit-Clamart — e de acordar com o anúncio de um golpe de Estado de generais desconhecidos que comprometiam a marcha rumo à paz e à "autodeterminação" da Argélia. Todos estavam acostumados com a ideia da independência e legitimidade da FLN (Frente de Libertação Nacional) e familiarizados com os nomes de seus chefes, Ben Bella e Ferhat Abbas. O desejo de viverem felizes e em paz coincidia com a instauração de um princípio de justiça, uma descolonização impensável até pouco tempo atrás. Porém, ainda havia muito receio, ou melhor, indiferença, em relação aos "Árabes", que eram evitados ou mesmo ignorados. As pessoas não podiam aceitar a convivência com indivíduos cujos irmãos tinham assassinado franceses do outro lado do Mediterrâneo. E o trabalhador imigrante, quando cruzava com franceses na rua, sabia — mais rápido e mais claramente que eles — que ele era um rosto inimigo. Parecia natural que os árabes morassem em favelas, trabalhassem em linhas de montagem ou no fundo de um buraco; que a manifestação de outubro feita por eles tivesse sido proibida e que, depois, eles tivessem sido atacados com uma violência extrema. E talvez até, se tivessem nos contado que jogaram mais ou menos uns cem árabes no rio Sena — tudo isso parecia estar na ordem das coisas. [Mais tarde, quando se soube o que tinha acontecido no dia 17 de outubro de 1961, ninguém foi capaz de dizer o que se *sabia* na época sobre esses fatos, e afinal ninguém se lembrou de nada, a não ser do clima agradável e da iminência da volta às aulas. Viveríamos um enorme mal-estar por não ter *sabido* de nada — mesmo que o governo e os jornais tenham feito de tudo para esconder as informações —, como se a ignorância e o silêncio nunca pudessem ser reparados. Por mais que tentássemos comparar, não víamos relação entre o ódio da polícia do general De Gaulle contra os argelinos (em outubro) e contra os militantes anti-OAS (em fevereiro seguinte). Os nove mortos no metrô Charonne esmagados contra as grades não podiam ser colocados no mesmo patamar dos incontáveis mortos no rio Sena.]

Ninguém se perguntou se os Acordos de Évian representavam uma vitória ou uma derrota, de todo modo, traziam alívio. Era o começo do esquecimento. O que viria a seguir não preocupava, *pieds-noirs* e *harkis* vivendo lá, argelinos, aqui. No próximo verão, esperávamos fazer uma viagem à Espanha, estava mesmo em conta, era o que diziam.

As pessoas estavam habituadas à violência e ao mundo dividido: Leste/Oeste; Kruschev, o mujique/Kennedy, o jovem líder;

Peppone/Don Camillo; Juventude Estudantil Católica/União dos Estudantes Comunistas; *L'Humanité/L'Aurore*; Franco/Tito; Católicos/Comunas. Por baixo da tampa da Guerra Fria, elas se sentiam tranquilas. Fora dos discursos sindicais que tinham uma violência codificada, elas não se queixavam, elas tinham assumido que seriam mantidas pelo Governo, ouviam Jean Nocher pregar sermões no rádio todas as noites e não ignoravam o êxito das greves. Quando votaram sim no referendo de outubro, era menos por vontade de eleger o presidente da República por sufrágio universal e mais pelo desejo secreto de manter De Gaulle como presidente até o fim da vida, para não dizer até o fim dos tempos.

Enquanto isso, preparávamos nossa conclusão de curso ouvindo rádio. Íamos ao cinema ver *Cléo das 5 às 7*, *O ano passado em Marienbad*, Bergman, Buñuel e o cinema italiano. Adorávamos Léo Ferré, Barbara, Jean Ferrat, Leny Escudero e Claude Nougaro. Líamos o *Hara-Kiri*. E não tínhamos afinidade alguma com a geração dos iê-iê-iês, que diziam *Hitler? não conheço,* e nem com os ídolos deles, mais jovens que nós, meninas de chuquinhas cantando músicas para a hora do recreio, meninos gritando e rolando no chão do palco. Tínhamos a impressão de que nunca nos alcançariam; perto deles, éramos velhos. Talvez nossa geração morreria com De Gaulle no poder.

Mas ainda não éramos adultos. Nossa vida sexual permanecia clandestina e rudimentar, assombrada pelo fantasma de um "acidente". Ninguém deveria fazer sexo antes do casamento. Os rapazes achavam que estavam exibindo uma ciência do erotismo ao fazer alusões obscenas, mas eles só sabiam encaixar aquilo numa parte do corpo feminino que tinha sido liberada por elas (sempre de acordo com o que era mais prudente fazer). A virgindade era incerta e a sexualidade uma questão muito mal resolvida que ocupava as conversas das meninas nos quartos do alojamento universitário durante horas. Elas buscavam se informar nos livros, liam o Relatório Kinsey para se convencer da legitimidade do prazer. Tinham herdado a vergonha das mães em relação ao sexo. Ainda existiam palavras para os homens e para as mulheres, elas não deveriam dizer "gozar" nem "pau" e nem nada, era considerado repugnante nomear os órgãos, exceto se fizessem com uma voz neutra, sem ênfase, "vagina", "pênis". As mais avançadinhas tinham coragem de ir discretamente a um conselheiro do Planning Familial, uma organização clandestina, para receber a prescrição de um diafragma de borracha que elas penavam para conseguir colocar.

Sequer podiam desconfiar que os rapazes ao lado delas nas aulas estivessem assustados com o próprio corpo. Quando eles respondiam monossílabos às perguntas mais inocentes que elas faziam, não era por desprezo, mas por medo das complicações que poderiam aparecer no baixo ventre. Pesando prós e contras, eles preferiam se masturbar sozinhos à noite.

Já que o medo não tinha chegado na hora certa naquele dia debaixo das árvores, ou no outro dia, na areia da praia de Costa Brava, o tempo parava quando olhava para a calcinha que continuava branca. Era preciso resolver "aquilo" de um jeito — na Suíça, para as mais endinheiradas — ou de outro — na cozinha da casa de uma desconhecida, sem formação na área, que usava como instrumento uma sonda fervida dentro de um caldeirão. Naquele momento, não servia de nada ter lido Simone de Beauvoir, apenas confirmava a infelicidade de ter um útero. Durante três semanas em quatro, as moças continuavam medindo a própria temperatura como se estivessem doentes, para calcular, de modo arriscado, o ciclo menstrual. Viviam em dois tempos diferentes: um era o tempo de todo mundo, com trabalhos para apresentar e férias; o outro, temperamental, ameaçador, sempre a ponto de parar, era o tempo mortal do sangue.

Na sala de aula, os professores engravatados explicavam a obra dos escritores a partir da biografia de cada um, diziam o "Monsieur" André Malraux, a "Madame" Yourcenar como um sinal de respeito à pessoa viva, mas nos mandavam estudar apenas autores mortos. Ninguém ousava citar Freud, por medo de atrair o sarcasmo dos outros e de tirar uma nota baixa, e só às vezes Bachelard e o *Études sur le temps humain*, do belga Georges Poulet. Quem declarava no início de uma apresentação que era preciso "recusar os rótulos" ou dizia que *Educação sentimental* era o "primeiro romance moderno" era considerado de espírito independente. Entre amigos, dávamos de presente livros com uma dedicatória. Era o momento de ler Kafka, Dostoiévski, Virginia Woolf, Lawrence Durrell. Descobríamos o *nouveau roman*, Butor, Robbe-Grillet, Sollers, Sarraute — autores de que queríamos gostar, mas seus livros não ofereciam a ajuda necessária para as nossas vidas.

Gostávamos mesmo dos textos com palavras e frases que resumissem a existência, a nossa e a das empregadas e dos entregadores do alojamento, mas fazíamos uma distinção entre nós e eles, já que nós "refletíamos". Precisávamos de palavras que contivessem em si explicações para o mundo e para nossas vidas, que nos transmitissem uma moral: "alienação" e suas palavras satélites, "má-fé" e "má consciência", "imanência" e "transcendência". Tudo era avaliado à luz da "autenticidade". Sem medo de uma briga com os pais, que julgavam como farinha do mesmo saco tanto os divorciados quanto os comunistas, nos filiaríamos ao Partido. Em um café, no meio do burburinho e da fumaça, de repente tudo aquilo perdia o sentido e nos sentíamos como estranhos fora do ninho, sem passado nem futuro, "um impulso inútil".

Quando os dias voltavam a ser longos em março e sentíamos calor debaixo das roupas de inverno — não somente pela proximidade do verão, mas pela própria vida que nos tomava de assalto, sem forma nem projeto —, naqueles dias, íamos repetindo a caminho da faculdade os versos de *Macbeth*, the time is out of joint, life is a tale told by an idiot full of sound and fury signifying nothing. Entre amigos, era comum dizer que o melhor seria tentar o suicídio, tomando soníferos em um saco de dormir na sierra de Guadalajara.

Nos almoços de domingo, em meados dos anos 1960, quando os pais aproveitavam a presença dos filhos estudantes — em casa aos finais de semana para lavar a roupa — e reuniam família e amigos, as conversas eram sobre o novo supermercado ou a construção de uma piscina municipal, sobre os novos modelos da Renault, o 4L, e da Citroën, o Ami 6. Quem tinha comprado uma televisão discutia a aparência dos ministros e dos apresentadores, das estrelas que viam na telinha como se fossem vizinhos de porta. Poder acompanhar de perto o passo a passo para se fazer um filé flambado com pimenta com Raymond Oliver, ou um programa sobre medicina de Igor Barrère ou as variedades do 36 Chandelles parecia que dava às pessoas um ar superior e o direito de falar. Diante da rigidez e do desinteresse de quem não tinha televisão, que não conhecia nem Zitrone, nem Anne-Marie Peysson, e muito menos os bonecos que passavam pelo moedor de Jean-Christophe Averty, a conversa voltava aos assuntos de interesse comum, a melhor maneira de preparar um coelho, os benefícios dos funcionários, o melhor açougue. Os presentes se referiam ao ano 2000, calculavam a probabilidade de ainda estarem vivos e qual idade teriam. Divertiam-se imaginando a vida no final do século, refeições seriam substituídas por um comprimido, robôs fariam tudo, haveria casas na Lua. Mas logo paravam com as previsões, sem ligarem muito para os hábitos dali a quarenta anos. Querendo apenas estar vivos quando chegassem lá.

As horas que poderiam ser dedicadas à leitura de *As ondas*, de Virginia Woolf, ou *La Psychologie Sociale*, de Stoetzel, ficavam nessas conversas, nas quais entrávamos dispostos e meio sem jeito. O sentimento era de um sacrifício necessário — para os convidados, que se extasiavam com nossos estudos, e para os pais, pela mesada e a roupa limpa e passada que levaríamos de volta. Mesmo contra a vontade, prestávamos atenção no modo de preparar os pratos, de mexer a xícara para misturar o açúcar, de dizer respeitosamente que alguém tinha "um cargo superior" — e de repente podíamos ver o ambiente familiar com certo distanciamento, como um mundo à parte ao qual já não pertencíamos. Nossas ideias eram estranhas às doenças, aos legumes que deveriam ser plantados na lua crescente, às caminhadas até a fábrica, a tudo o que era dito ali. Por isso, evitávamos falar de nós, das aulas, e fazíamos um esforço para não contradizer ninguém em nada, como se declarar que não tínhamos tanta certeza de continuar na carreira acadêmica ou da garantia de uma boa situação no futuro fosse abalar a crença de todos, parecer a eles um insulto e fazer com que julgassem nossa competência.

Os convidados já não se animavam com as lembranças da Ocupação e dos bombardeios. As emoções do passado tinham desaparecido. Quando alguém usava, ao fim das refeições, a expressão "uma a menos para os alemães", não passava de uma simples citação.

Também para nós, os longos domingos de depois da guerra e as canções "Fleurs de Paris" e "Le Petit Vin Blanc" — tudo isso parecia pertencer a um tempo passado, da infância, que não nos despertava mais nenhum interesse, e se um tio tentasse reviver alguma coisa, "você se lembra de quando te ensinei a andar de bicicleta?", ele pareceria, aos nossos olhos, velho. Ali havia um rumor de vozes, palavras e expressões que ouvíamos desde que chegamos no mundo, mas que já não vinham à memória espontaneamente. Flutuávamos em meio a imagens indiscerníveis de outros tempos, mergulhando na memória até aqueles domingos em que, cansados de tanto brincar, ouvíamos histórias na hora da sobremesa e canções de que ninguém mais se lembrava.

Nesta foto em preto e branco, em primeiro plano, três moças e um rapaz estão deitados de bruços. Vê-se apenas a parte de cima do corpo deles, o resto está mergulhado em uma ladeira. Atrás deles, dois rapazes, um em pé e inclinado se destacando contra o céu, o outro, ajoelhado, parece importunando uma das moças com o braço esticado. Ao fundo, um vale coberto por uma espécie de bruma. No verso da foto: *Alojamento universitário. Mont-Saint-Aignan. Junho de 63. Brigitte, Alain, Annie, Gérald, Annie, Ferrid.*

Ela é a do meio, com um penteado estilo George Sand, os cabelos repartidos, os ombros largos à mostra, e é a mais "mulher" das três. Os punhos cerrados saem bizarramente de debaixo de seu busto. Está sem óculos. A foto foi tirada durante o período entre as provas e a entrega dos resultados. Momento de noites em claro, conversas nos bares e em quartos na cidade, seguidas de carícias feitas já sem roupa até o limite da imprudência ao som de "Javanaise". Momento de dormir à tarde e acordar culpada, com a sensação de ter se lançado para fora do mundo, como no dia em que acordou quando o Tour de France e Jacques Anquetil já tinham passado há muito tempo, ela foi comemorar e ficou entediada. As duas moças que estão com ela na foto são endinheiradas. Ela não se identifica com as colegas. Ela é mais forte e mais sozinha. De tanto andar na companhia delas e de irem juntas às festas, sente-se inferior. Também não se identifica com o mundo dos trabalhadores que pertence à sua infância, com o pequeno comércio dos pais. Passou para o outro lado, mas não saberia dizer do quê. Ao olhar para trás, vê sua vida como uma série de imagens sem relação. Não sente identificação com nada, apenas com o saber e com a literatura.

Nesse momento, os conhecimentos abstratos e as leituras desta moça não poderiam ser catalogados. A graduação em letras modernas que está terminando é apenas um indicador vago do nível em que está. Ela se alimentou com o existencialismo, o surrealismo, leu Dostoiévski, Kafka, toda a obra de Flaubert, e quando outra vez ficou desesperada por alguma novidade, Le Clézio e o *nouveau roman*, como se apenas os livros recentes pudessem ser capazes de lançar um olhar mais preciso sobre o mundo de agora.

Mais do que uma forma de escapar à pobreza, os estudos pareciam a ela um instrumento privilegiado de luta contra a estagnação do feminino que desperta pena, a tentação que ela conheceu de se perder em um homem (cf. a foto do liceu, cinco anos antes), da qual sente vergonha. Não sente vontade de se casar nem de ter filhos, a maternidade e a vida do espírito pareciam coisas incompatíveis. De todo modo, ela tem certeza de que seria uma péssima mãe. Seu ideal de vida é a "união livre" de um poema de André Breton.

Em certos momentos, sente-se massacrada diante das coisas que aprendeu. Tem o corpo jovem, mas o pensamento, velho. Em seu diário, escreveu que se sente "cansada de ideias universais e teorias", que está "em busca de outra linguagem", desejando "voltar a uma pureza inicial". Sonha em escrever em uma língua desconhecida. As palavras são, para ela, "um pequeno bordado em uma toalha de mesa". Outras frases contradizem esta apatia: "Sou uma vontade e um desejo". Mas não diz quais são.

Ela vê seu futuro como a imensa escada vermelha de uma tela de Soutine reproduzida no jornal *Lectures pour tous*, que ela recortou e colou na parede do quarto do alojamento universitário.

Costuma se fixar nas imagens da infância, o primeiro dia da escola, um parque de diversões itinerante em meio aos escombros, as férias em Sotteville-sur-Mer etc. Também gosta de se imaginar dali a vinte anos recordando as discussões de agora sobre o comunismo, o suicídio e os métodos anticoncepcionais. A mulher de vinte anos a mais é uma ideia fixa, um fantasma. Ela nunca terá essa idade.

Ao ver a moça da foto, tão bonita e forte, ninguém suspeitaria que seu maior medo é a loucura. Para ela, somente a escrita — e talvez um homem — poderia salvá-la, ao menos momentaneamente. Começou a escrever um romance em que as imagens do passado, do presente, os sonhos noturnos e as fantasias para o futuro se alternam dentro de um "eu" que é o duplo deslocado de si mesma.

Tem certeza de não possuir nenhuma "personalidade".

Não há qualquer relação entre a vida dela e a História, embora alguns resquícios dos acontecimentos gerais tenham ficado gravados na memória dela por causa da sensação de frio e do tempo cinzento de um mês de março (greve de funcionários), da umidade de um final de semana de Pentecostes (morte do papa João XXIII), da frase de um colega que dizia, "em dois dias começa a guerra mundial" (a crise de Cuba), da coincidência entre uma noite passada em um baile da União Nacional dos Estudantes da França e o golpe de Estado dos generais, Salan, Challe etc. O tempo dela, todo feito de imagens de si mesma, não é o mesmo tempo dos acontecimentos e nem mesmo dos faits divers — que ela despreza. Alguns meses depois, o assassinato de Kennedy, em Dallas, não será capaz de despertar nada nela, bem como a morte de Marilyn Monroe no verão anterior, pois ela está sem menstruar há oito semanas.

A chegada cada vez mais veloz de novos bens de consumo fazia o passado ficar para trás. As pessoas não se perguntavam sobre a utilidade de cada objeto, simplesmente desejavam ter as coisas e sofriam por não ganhar o bastante para poder comprar tudo à vista. Virava um hábito preencher cheques e as "facilidades de pagamento" e os créditos eram descobertos. Todos estavam à vontade com as novidades, sentiam orgulho de ter um aspirador de pó e um secador de cabelo elétrico. A curiosidade era mais forte que a desconfiança. Descobríamos o cru e o flambado, o *steak tartare* com pimenta, os temperos e o ketchup, o peixe à milanesa e o purê instantâneo, as ervilhas congeladas, o palmito em conserva, a loção pós-barba, a espuma para banho de banheira e a ração para cachorro. As cooperativas e os familistérios davam lugar aos supermercados onde os clientes ficavam encantados por poder tocar nas mercadorias antes de comprar. As pessoas se sentiam livres, não pediam nada a ninguém. Todas as noites, a loja de departamentos Galeries Barbès oferecia aos clientes um bufê no estilo camponês. Os jovens casais de classe média garantiam sua elegância comprando uma cafeteira Hellem, um perfume Eau Sauvage da Dior, um rádio de ondas curtas, um aparelho de som, venezianas e papel de parede de juta, um jogo de mesa e cadeiras de madeira, um colchão Dunlopillo, uma secretária ou escrivaninha e móveis cujos nomes eles tinham lido em romances. Frequentavam antiquários, serviam jantares com salmão defumado, camarão com abacate, fondue, liam *Playboy*, *Lui*, *Barbarella*, *Le*

Nouvel Observateur, Teilhard de Chardin, a revista *Planète*, fantasiavam lendo os pequenos anúncios de apartamentos de "luxo", com closet, que ficavam nos "Condomínios Residenciais" — o nome por si só já era um luxo —, andavam de avião pela primeira vez disfarçando a angústia e se emocionando ao ver de cima os quadrados verdes e dourados, e se impacientavam por não terem recebido ainda o telefone solicitado há mais de um ano. Algumas pessoas não viam motivos para ter um telefone e continuavam indo aos Correios, onde o atendente compunha o número no guichê e enviava a chamada para uma cabine.

As pessoas nunca se entediavam, elas queriam mais é aproveitar.

Em um opúsculo que circulou bastante na época, *Réflexions pour 1985*, o futuro parecia luminoso, as tarefas pesadas e anti-higiênicas seriam executadas por robôs, todos teriam acesso à cultura e ao saber. Para complicar as coisas, o primeiro transplante de coração, na África do Sul, parecia um passo na direção da erradicação da morte.

A profusão de coisas ocultava a escassez de ideias e o desgaste das crenças.

Os professores jovens usavam o mesmo material de Lagarde et Michard da época da escola, qualificavam os trabalhos com estrelinhas e passavam redações trimestrais. Filiavam-se aos sindicatos que, a cada boletim, afirmavam "Os líderes estão voltando atrás!". *A religiosa*, de Rivette, tinha sido proibido, os livros eróticos deveriam ser comprados por correspondência, na editora Terrain Vague. Sartre e Beauvoir continuavam se recusando a falar na televisão (mas ninguém dava muita bola). Valores e linguagens tinham se esgotado. Mais tarde, ao lembrar da voz meiga e gutural do ursinho Nounours dizendo *Boa-noite, criançada*, teríamos a impressão de que era De Gaulle que vinha nos ninar todas as noites.

As ondas migratórias eram cada vez mais comuns na sociedade, camponeses que desciam da região montanhosa na direção dos vales, estudantes tirados dos centros das cidades para alojamentos na serra dividindo a mesma lama, em Nanterre, com os imigrantes das favelas. Os repatriados da Argélia e os residentes que deixaram suas casas com banheiro do lado de fora passavam a morar juntos nos grandes conjuntos habitacionais divididos em unidades que eram marcadas com um "F", seguido de um número. O que as pessoas buscavam de verdade ali não era estar junto, mas, sim, o aquecimento central, as paredes limpas e um banheiro.

A maior proibição daquela época, a pílula anticoncepcional, que nunca tínhamos imaginado ser viável, foi autorizada por uma lei. Ninguém ousava pedir ao médico, nem ele sugeria, principalmente se você não fosse casada. Seria indecente. Sabíamos que a vida, com a pílula, seria desconcertante, o corpo viveria com tanta liberdade que dava medo de imaginar. Tanta liberdade quanto a de um homem.

Os jovens do mundo inteiro bradavam suas novidades com violência. Na Guerra do Vietnã, viam motivos para se rebelar e, nas Cem Flores de Mao, para sonhar. Despertavam para uma espécie de alegria plena, que os Beatles representavam perfeitamente. Só de ouvir sua música, dava vontade de ser feliz. O devaneio ganhava cada vez mais espaço com Antoine, Nino Ferrer e Dutronc. Os adultos bem-sucedidos fingiam não ver o que acontecia, escutavam o jogo de adivinha *Tirlipot* na rádio RTL, Maurice Biraud, na Europe, e o minuto de bom senso de

Saint-Granier. Comparavam a beleza das apresentadoras de tevê e imaginavam quem seria a nova Piaf (Mireille Mathieu ou Georgette Lemaire?). Deixavam a Argélia de lado, estavam cansados de tanta guerra, olhavam com mal-estar para os tanques israelitas esmagando os soldados de Nasser, desorientados com a volta de um assunto que parecia resolvido, e com a transformação das vítimas em vencedores.

Porque os verões, no fim das contas, acabavam se parecendo, e era cada vez mais pesado não ter outras preocupações além de si mesmo; porque a obrigação de se "sentir realizado" não fazia mais sentido em meio à solidão e aos debates sempre nos mesmos cafés; porque o sentimento de ser jovem se transformava em outra coisa com duração indefinida e triste; e porque percebíamos que um casal tinha uma superioridade social em relação a um solteiro — assim, a cada vez, nos apaixonávamos com mais determinação. Bastava uma pequena desatenção à tabelinha e, pronto, logo nos casávamos e virávamos pais. O encontro de um óvulo com um espermatozoide acelerava a história dos indivíduos. Enquanto terminávamos os estudos, arrumávamos trabalhos de inspetor, professor particular, entrevistador temporário. Ir para a Argélia ou para a África negra fazer um trabalho voluntário para substituir as obrigações militares era uma aventura, um modo de conceder a si próprio um último prazo antes de se estabelecer.

Com um emprego estável, jovens casais abriam uma conta bancária e pegavam um empréstimo Cofremca para equipar a casa: geladeira com freezer, fogão com forno etc. E se assustavam ao perceber que, graças ao casamento, tinham empobrecido diante de itens com preços antes inimagináveis, itens que agora tinham passado a ser imprescindíveis. Da noite para o dia tínhamos virado adultos e agora, finalmente, os pais poderiam ensinar, sem serem repreendidos, o saber das coisas práticas da vida, tais como economizar, criar os filhos, limpar o piso. Era um misto de orgulho e estranheza ser chamada de "Madame", com outro sobrenome que não o nosso próprio. Agora também era nossa a preocupação permanente com a subsistência — refeições regulares duas vezes por dia — e passávamos a frequentar assiduamente lugares pouco usuais, como o supermercado Casino, os corredores de produtos alimentícios da Prisu e a Nouvelles Galeries. O comportamento despreocupado de antes, as noites em claro com amigos, uma sessão de cinema em qualquer horário, tudo isso acabava com a chegada do bebê que muitas vezes tínhamos desejado. Como por exemplo, um dia, na sala escura, vendo *As duas faces da felicidade*, de Agnès Varda, em que imaginamos o bebezinho no berço sozinho, íamos entrando no quarto em silêncio, aliviadas por ele estar respirando e dormindo tranquilamente, as mãozinhas fechadas. O processo de integração social se completava no momento em que comprávamos uma televisão. Aos domingos à tarde, assistíamos a *Os cavaleiros do ar* e *A feiticeira*. O espaço se encolhia, o tempo ganhava regularidade e era dividido pelos horários do trabalho, da escolinha, do banho, do desenho animado *Le manège enchanté*, das compras de sábado. A felicidade da ordem ocupava nossas vidas. A melancolia de ver um projeto individual se afastar — pintar, fazer música, escrever — era compensada pela satisfação de contribuir para o projeto familiar.

Com uma rapidez espantosa, compúnhamos minúsculos núcleos herméticos e sedentários. Jovens casais e jovens pais se visitavam uns aos outros e considerávamos os solteiros como uma espécie imatura que ignorava as compras em prestações, as papinhas de bebê da Blédina e os livros do dr. Spock. A liberdade de ir e vir dos solteiros era uma leve ofensa aos demais.

Ninguém ousava relacionar o que era vivido com os discursos políticos ou com os acontecimentos do mundo. No máximo, se permitia sentir algum prazer votando contra o general De Gaulle e a favor daquele candidato arrojado cujo nome remetia vagamente aos anos da Argélia francesa, François Mitterrand. No decurso da existência pessoal, a História não significava nada. Dependendo do dia, éramos felizes ou tristes. Simples assim.

Quanto mais imersos no conjunto composto por realidade, trabalho e família, mais se experimentava um sentimento de irrealidade.

Nas tardes de sol, sentadas nos bancos das praças, as jovens mulheres trocavam experiências cotidianas sobre fraldas e alimentação dos filhos, vigiando as crianças que brincavam no tanque de areia. Pareciam tão distantes as conversas e confidências da adolescência que faziam quando uma levava a outra em casa. A vida de antes, voltando três anos no máximo, parecia inacreditável, sentiam pena de não terem aproveitado mais. Tinham adentrado no mundo da Preocupação: com a comida, com a roupa, com as doenças infantis. Elas que achavam que nunca repetiriam as mães, agora acabavam assumindo exatamente as mesmas responsabilidades, embora de modo mais brando e desenvolto, encorajadas pela leitura de *O segundo sexo* e pela marca de eletrodomésticos que dizia: "Moulinex liberta a mulher". Ao contrário das mães, negavam o valor daquelas coisas que, apesar de tudo, se sentiam obrigadas a fazer, mesmo sem saber o motivo.

Era a hora de convidar os sogros para um almoço em casa. Com a ansiedade e agitação próprias de um jovem casal, queríamos mostrar que estávamos bem instalados e que tínhamos mais bom gosto do que nossos irmãos. Depois de desfilarmos pela casa para exibir as cortinas venezianas, o veludo do sofá, a potência das caixas de som, o jogo de louças do casamento — embora ainda faltassem os copos —, quando todo mundo tinha conseguido se arrumar ao redor da mesa e já tínhamos ensinado o modo correto de comer um *fondue bourguignonne* — cuja receita era da revista *Elle* —, começavam as conversas pequeno-burguesas sobre o trabalho, as férias e os carros, San Antonio, os cabelos longos do cantor Antoine, a feiura de Alice Sapritch, as canções de Dutronc. Não dava para fugir de uma discussão sobre o que seria economicamente mais rentável ao casal: a mulher trabalhando fora ou ficando em casa. Também havia o momento de implicar com De Gaulle, *Franceses, já entendi o que vocês querem! Viva a Québec livre!* (como se o fato de ele ter ido ao segundo turno das eleições, ao lado de Mitterrand, fosse a gota d'água para a irreverência dele transbordar, expondo sua senilidade. O jornal *Le Canard enchaîné* nesses tempos só se referia a De Gaulle como "Charles Segundo Turno"). E outro momento para elogiar a inteligência e integridade de Mendès France, especular sobre a chegada de Giscard d'Estaing, Defferre, Rocard. Todos à mesa assumiam um tom de leve desvario e pilhéria ao falar dos *barbouzes*,* de Mauriac, com sua gargalhada contida, dos tiques do escritor Malraux (logo ele, que tínhamos imaginado como um Tchen revolucionário, bastava ver seu sobretudo em cerimônias oficiais para deixar de acreditar na literatura).

Os mais velhos, com cinquenta e poucos anos, evocavam a guerra por meio de histórias pessoais, cheias de glória vã, que pareciam ladainha. Do nosso ponto de vista, para tal exaltação já havia os discursos de celebração e as coroas de flores. Entre os

* Expressão pejorativa para espiões, neste caso referindo-se aos agentes anti-OAS que faziam uso de práticas que não eram oficialmente permitidas à polícia ou ao exército. (N. E.)

nomes da Quarta República que surgiam, Bidault e Pinay não despertavam em nós nenhuma lembrança específica, exceto a evidência de que "ainda estavam lá" e a consternação ao perceber, pela raiva que eles suscitavam — "aquele canalha Guy Mollet" —, que tinham desempenhado um papel importante. Quanto à Argélia (convertida agora em terra de missão financeiramente vantajosa para jovens professores), a página estava virada.

Os métodos anticoncepcionais intimidavam demais para que fossem abordados à mesa. E o aborto era uma palavra impronunciável.

Na hora de trocar os pratos para a sobremesa, constatávamos, chateados, que, ao contrário do esperado, o *fondue bourguignonne* não tivera uma recepção calorosa, apenas uma curiosidade mesclada a comentários em nada condescendentes e, até mesmo, decepcionantes — tendo em vista a trabalheira na preparação do molho. Depois do café, com a mesa já vazia, organizávamos uma partida de bridge. Por causa do uísque, o sogro começava a falar mais alto. Vocês não acham inacreditável que ainda escutemos que *Dez mil ingleses se jogaram no Tâmisa por não terem tirado um trunfo*.* Em meio ao bem-estar visível nos rostos da família e aos sons de uma criança acordando da sesta, éramos tomados por um sentimento fugaz de algo provisório e nos assustávamos de estar ali, de termos conseguido tudo o que queríamos, um homem, um filho, um apartamento.

* Referência a uma anedota relacionada ao jogo de bridge usada para alertar jogadores iniciantes. (N. E.)

Na foto em preto e branco tirada dentro de casa, em close, uma mulher e um menininho sentados um ao lado do outro sobre uma cama arrumada como um sofá, cheia de almofadas, diante de uma janela com cortinas de voal transparentes e, na parede, um enfeite africano. Ela veste um conjunto de *twin-set* e saia acima do joelho, em jérsei clarinho. Os cabelos, ainda divididos em partes escuras assimétricas, acentuam o rosto oval e cheio, com as bochechas para cima por causa de um largo sorriso. Nem o cabelo nem o conjunto correspondem à imagem que se terá depois de 1966 ou 1967, só a saia curta está de acordo com a moda lançada por Mary Quant. Ela segura o ombro da criança, que tem o olhar vivo e esperto, blusa com gola rolê e calça de pijama, a boca aberta mostrando os dentinhos, fotografada falando. No verso da foto, *Rue de Loverchy, inverno de 1967*. Portanto, foi ele quem tirou a foto, ele, que está invisível aqui, o estudante jovem e instável que, em menos de quatro anos, se tornou marido, pai e funcionário administrativo em uma cidade serrana. Certamente uma foto tirada num domingo, único dia que tinham para estar juntos, no qual podiam, imersos no cheiro do almoço sendo feito, ao som da criança tagarelando e brincando de Lego, do conserto da descarga e da *Oferenda musical* de Bach — podiam, juntos, construir uma memória em comum e consolidar o sentimento de, no fim das contas, serem felizes. A foto contribui para esta construção e funciona como uma garantia da "pequena família" para os avós, que também receberam uma cópia.

Sem dúvida, neste exato momento, no inverno de 1967-68, ela não pensa em nada, imersa que está na alegria do grupo fechado formado pelos três — que só o toque do telefone ou da campainha podia perturbar —, na liberdade provisória das obrigações cujo principal objetivo era manter o grupo: a lista de compras, o cuidado com a roupa, o jantar do dia, o gesto de prever incessantemente o futuro imediato que tanto atrapalha as obrigações externas, seu trabalho como professora. Os momentos passados em família são momentos de *sentir*, e não de pensar.

Aquilo que considera serem pensamentos de verdade lhe ocorre quando está sozinha ou passeando com o filho. Tais pensamentos não são para ela as reflexões sobre o que as pessoas vestem ou o modo como falam, sobre a altura das calçadas para o carrinho de bebê, a proibição da peça *Os biombos*, de Jean Genet, e a Guerra do Vietnã. Pensamentos de verdade são, para ela, os questionamentos sobre si própria, sobre o ser, o ter e a existência. É o aprofundamento de sensações fugidias, impossíveis de serem transmitidas aos outros, tudo aquilo que, se ela tivesse tempo para escrever — sequer tem tempo para ler —, seria a matéria do seu livro. Só raramente consegue abrir seu diário, como se ele constituísse uma ameaça ao núcleo familiar e ela não pudesse mais ter direito à interioridade. Em uma dessas raras vezes, anotou: "Não tenho mais nenhuma ideia. Não tento mais explicar minha vida" e "sou uma recém-chegada ao mundo pequeno-burguês". Ela tem a impressão de ter se desviado dos objetivos de antes, de estar vivendo apenas uma espécie de progressão material. "Tenho medo de me acomodar nesta vida calma e confortável e de viver sem me dar conta." No exato momento em que faz tal constatação, sabe que não está pronta para renunciar às coisas que não figuram em seu diário, a vida a três, a intimidade compartilhada num mesmo lugar, o apartamento ao qual ela volta apressada depois das aulas, o sono a dois, o ruído do barbeador elétrico de manhã, a leitura de *Os três porquinhos* à noite, a repetição, que ela julga detestar, mas à qual se sente apegada a ponto de sentir falta dela quando se afasta momentaneamente por três dias para fazer uma prova de aperfeiçoamento para o magistério. Só de imaginar a possibilidade de perder essa nova vida, sente um aperto no coração.

Ela não sonha mais, como antes, em ir à praia no próximo verão ou virar escritora e publicar o primeiro livro. O futuro se apresenta em termos materiais específicos, conseguir um emprego melhor, promoções e aquisições, seu filho entrar no maternal. Não são sonhos, mas previsões. Com frequência se lembra de cenas de quando estava sozinha e se vê nas ruas das cidades que conheceu, em quartos que alugou — em Rouen, em uma residência para moças, em Finchley, onde trabalhou como babá em troca de um lugar para morar, em Roma de férias em uma pensão na rua Servio Tullio. Parece que são versões dela que continuam existindo. Em outras palavras, o passado e o futuro se inverteram, agora é o passado, e não o futuro, seu objeto de desejo: estar outra vez naquele quarto em Roma, no verão de 1963. No diário, ela escreveu: "Por um extremo narcisismo, quero ver meu passado em preto e branco e, deste modo, ser alguém que não sou" e "O que me atormenta é uma certa imagem da mulher. Talvez possa me orientar com base nisso". Três anos antes, tinha visto uma tela de Dorothea Tanning, em uma exposição em Paris, chamada *Aniversário*, na qual uma mulher está parada em pé com os peitos de fora e, atrás dela, há uma série de portas entreabertas. Pensa que esta tela representa a sua vida e que ela está ali dentro assim como já esteve, em outros momentos, em *E o vento levou*, em *Jane Eyre* e, mais tarde, em *A náusea*. A cada livro que lê, *Ao farol*, de Virginia Woolf, *Les Années-Lumière*, de Serge Rezvani, fica imaginando se a sua vida poderia ser contada deste ou daquele modo.

Sempre voltam à sua memória imagens furtivas dos pais na cidadezinha normanda, a mãe trocando de roupa para a missa de fim de tarde, o pai voltando do jardim com a enxada no ombro, um mundo lento que continua existindo, mais irreal do que um filme, distante de seu mundo de agora, moderno, culto, que segue em frente, difícil saber para qual direção.

Não existe um ponto de interseção entre o que acontece no mundo e o que acontece com ela, são duas retas paralelas, uma é abstrata, toda feita de informações que chegam mas são logo esquecidas, e a outra é fixa.

A cada instante do tempo, ao lado do que se considera natural fazer e dizer, ao lado do que foi determinado pensar, seja pelos livros, anúncios no metrô ou piadas, há todas as coisas que ela faz sem que ninguém saiba, coisas que são silenciadas por uma sociedade que condena a um mal-estar solitário todos aqueles e aquelas que sentem estas coisas sem poder dar nome a elas. Este silêncio um dia se rompe bruscamente (ou pouco a pouco), e então as palavras jorram sobre as coisas, enfim reconhecidas, enquanto, escondidos, outros silêncios voltam a se formar.

Mais tarde os jornalistas e historiadores vão gostar de repetir exaustivamente uma frase de Pierre Viansson-Ponté publicada no *Le Monde* alguns meses antes de Maio de 68, *A França está entediada!* Seria fácil encontrar imagens enfadonhas de si próprio, cheias de uma morosidade impossível de ser datada, de domingos diante da apresentadora Anne-Marie Peysson, e assim teríamos certeza de que tinha sido igual para todos, um mundo congelado com uma monotonia uniforme. E a televisão, difundindo uma iconografia imutável com um corpus reduzido de atores, instituiria uma versão imutável aos acontecimentos, impondo uma impressão de que, naquele ano, todos tínhamos entre 18 e 25 anos e estávamos jogando pedras na polícia e usando lenços para cobrir a boca. De tanto repetirem as imagens captadas pelas câmeras, acabaríamos repelindo as outras imagens da história de maio, as que não são nem notórias — a praça da estação deserta num domingo, sem passageiros e sem jornal nas bancas — nem gloriosas — quando entramos em pânico, com medo de ficar sem dinheiro (e foi um corre-corre para sacar todo o dinheiro dos bancos), sem gasolina e, sobretudo, sem comida (e enchemos até o alto o carrinho no Carrefour), por causa da memória herdada da fome.

Foi uma primavera como todas as outras, com um mês de abril chuvoso e uma Páscoa tardia. Acompanhamos os jogos de inverno com Jean-Claude Killy, lemos *Élise ou la vraie vie*, com muito orgulho trocamos nosso carro R8 por um Fiat Berlina, começamos a estudar *Cândido* com os alunos do último ano, sem dar muita atenção aos problemas nas universidades parisienses que eram noticiados no rádio. Como sempre, eles seriam reprimidos pelo governo. Mas, depois, a Sorbonne fecharia suas portas, os exames probatórios para o magistério não aconteceriam, e haveria confrontos com a polícia. Uma noite, ouvimos as vozes ofegantes na Europe nº 1 contando que havia barricadas em pleno Quartier Latin, como na Argélia dez anos antes, e também coquetéis Molotov e muitos feridos. Agora tínhamos consciência de que alguma coisa estava acontecendo de verdade e já não existia vontade de retomar a vida normal no dia seguinte. Ao encontrar um conhecido na rua, conversávamos sobre o assunto, indecisos, fazíamos reuniões. Parávamos de trabalhar sem um motivo concreto e sem reivindicações, apenas por contágio, porque é impossível fazer qualquer coisa quando surge o imponderável, além de esperar. Ninguém sabia o que iria acontecer no dia seguinte, nem queria saber. Era um outro tempo.

Nós, que nunca tínhamos realmente defendido nosso trabalho, que não queríamos de verdade as coisas que comprávamos, nos reconhecíamos naqueles estudantes um pouco mais novos que nós atirando pedras do calçamento para cima da tropa de choque. Eles reagiam ao poder e devolviam, em nosso lugar, os anos de censura e de repressão, o controle violento das manifestações contra a guerra da Argélia, os ataques racistas, a proibição de *A religiosa* e os Citroëns pretos dos oficiais. Eles se vingavam por nós de toda a contenção da nossa adolescência, do silêncio respeitoso nas salas de aula, da vergonha que sentíamos ao receber, escondidas, os rapazes em nosso quarto no alojamento universitário. O motivo para a adesão a estas noites que pegavam fogo em Paris estava em nós mesmas, nos desejos reprimidos, na redução de nossa submissão. Lamentávamos por isso tudo não ter acontecido mais cedo, mas nos considerávamos sortudas por estas mudanças acontecerem no começo de nossa carreira.

Quando menos se esperava, o ano de 1936, que era contado nas histórias de família, se tornava real.

Era possível ver e ouvir tudo aquilo que nunca tinha sido visto nem ouvido desde que nascemos, e que nem acreditávamos ser possível. Alguns lugares que obedeciam a normas existentes desde sempre e que só permitiam a entrada de pessoas autorizadas, tais como universidades, fábricas, teatros, de repente abriam suas portas para todo mundo e permitiam que ali fizessem de tudo, exceto o que estava previsto para aquele lugar: discutir, comer, dormir, se amar. Não havia mais espaços institucionais e sagrados. Professores e alunos, jovens e velhos, executivos e operários, todos se falavam, as hierarquias e as distâncias se dissolviam milagrosamente na conversa. Não havia espaço para os cuidados oratórios, a linguagem cortês e refinada, o tom pausado e as circunlocuções: esta forma de distância por meio da qual — nos dávamos conta — os poderosos e seus servidores — por exemplo, o jornalista Michel Droit — impunham sua dominação.

Aos brados, as vozes falavam de modo brutal, se cortavam sem desculpas. Os rostos exprimiam cólera, desprezo, prazer. A liberdade de atitude e a energia dos corpos furavam a tela. Se era isso a revolução, então, ela estava lá, em todo o seu esplendor, na propagação e relaxamento dos corpos, sentados em qualquer lugar. Quando Charles de Gaulle reapareceu — afinal, por onde esteve? esperávamos que tivesse ido embora para sempre —, atacou o movimento de modo grosseiro e, com a boca deformada de nojo, usou uma palavra antiga para designá-lo, que significava, ao mesmo tempo, "zona", "lambança", "titica", "mar de lama". Sem saber o sentido do que ele estava dizendo, percebemos todo o desdém aristocrático que ele sentia pela revolta, reduzida por ele a uma palavra relacionada ao excremento e à cópula, ao balbucio animal e aos instintos libertados.

Nem percebemos que não tinha surgido nenhum líder operário. Com certo paternalismo, os dirigentes do Partido Comunista e dos sindicatos continuavam pautando as necessidades e os desejos. Eles se anteciparam para negociar com o governo — que já quase não se manifestava —, como se não fosse possível conseguir nada melhor do que o aumento do poder de compra e a diminuição da idade da aposentadoria. Ao ver o acordo de Grenelle ser firmado, com uma articulação pomposa que usava palavras que tínhamos esquecido como usar três semanas antes (as "medidas" "consentidas" pelo governo), sentimos que tudo tinha esfriado. Tínhamos esperança outra vez vendo a "base" recusar a abdicação de Grenelle e Mendès France em Charléty. Mergulhamos outra vez na incerteza com a dissolução da Assembleia e com o anúncio das eleições. Quando uma multidão sombria invadiu o Champs-Élysées, com Debré, Malraux — o estrago inspirado por seus comentários não salvava mais da servidão — e outros, braços dados em uma fraternidade artificial e lúgubre, ficou claro que tudo tinha acabado.

Não dava mais para ignorar que havia dois mundos e que era preciso escolher entre os dois. As eleições não constituíam uma escolha, mas uma recondução dos notáveis para seus lugares de origem. De todo modo, metade dos jovens não tinha ainda 21 anos, não podia votar. Na escola, nas fábricas, a CGT (Confederação Geral do Trabalhador) e o Partido Comunista ordenaram que todos voltassem ao trabalho. Achamos que o porta-voz deles, com elocução lenta e grave, típica de falsos camponeses, tinha nos enganado. Eles ganharam a reputação de "aliados objetivos do poder" e de traidores stalinistas, figuras que se tornariam, no local de trabalho, o alvo de todos os ataques.

As provas passaram, os trens voltaram a funcionar, a gasolina estava outra vez nas bombas. Podíamos sair de férias. Começo de julho, os turistas do interior que atravessavam Paris de ponta a ponta de ônibus sentiam debaixo deles as pedras do calçamento que tinham sido recolocadas em seus lugares de origem, como se nada tivesse acontecido. Quando voltavam, algumas semanas mais tarde, eles deparavam com uma grande extensão lisa de asfalto que já não fazia chacoalhar e se perguntavam onde tinham sido colocadas aquelas toneladas de pedras. Parecia que mais coisas tinham acontecido em dois meses do que em dez anos, mas nós não tínhamos tido tempo de fazer nada. Em algum momento nos demos conta de que sentíamos falta de algo, mas não sabíamos o que era — ou até sabíamos, mas deixamos para lá.

Todo mundo começou a achar que, em breve, haveria algum tumulto, era uma questão de meses, no máximo de um ano. O clima das coisas esquentaria no outono, depois na primavera (até não pensarmos mais nisso e, um dia, encontrando uma calça jeans antiga, dizermos "ela participou de Maio de 68"). "Um novo mês de maio", esperança para uns, que se esforçavam para a sua volta e para a chegada de outra sociedade, medo para outros, que se debatiam contra esse retorno, que colocaram na prisão Gabrielle Russier, professora que se envolveu com um de seus alunos, que desconfiavam de que por trás de cada jovem cabeludo estava um "esquerdista", que aplaudiam a recém-criada lei antidistúrbio e que reprovavam tudo. Nos locais de trabalho, as pessoas se dividiam em duas categorias, os grevistas de maio e os não grevistas, separados pelo mesmo ostracismo. O mês de maio se tornara uma maneira de classificar os indivíduos, ao encontrar alguém era normal nos perguntarmos de qual lado a pessoa tinha ficado durante os acontecimentos. De um ou de outro, a violência era a mesma, ninguém perdoava nada.

Nós, que tínhamos ficado com o PSC (Partido Socialista Unificado) para mudar a sociedade, descobrimos os maoistas, os trotskistas e uma porção de ideias e conceitos de uma vez só. Apareciam movimentos, livros e revistas, filósofos, críticos, sociólogos: Bourdieu, Foucault, Barthes, Lacan, Chomsky, Baudrillard, Wilhelm Reich, Ivan Illich, a revista *Tel Quel*, o estruturalismo, a narratologia, a ecologia. De um modo ou de outro, fosse lendo *Os herdeiros* ou o livrinho sueco sobre as posições sexuais, tudo se encaminhava no sentido de uma nova forma de pensar e de uma transformação do mundo. Estávamos imersos em linguagens inéditas, sem a menor ideia do que fazer, e surpresos por não termos ouvido falar de nada daquilo antes. Em um mês, recuperamos anos. E ficamos comovidos ao reencontrar, envelhecidos, porém mais combativos do que nunca, Simone de Beauvoir, com seu turbante, e Jean-Paul Sartre, mesmo que não tivessem nada de novo para ensinar. Lamentavelmente, André Breton tinha morrido dois anos antes.

Nada do que até então tinha sido considerado normal era óbvio. A família, a educação, a prisão, o trabalho, as férias, a loucura, a publicidade, toda a realidade era agora posta à prova, incluindo a opinião de quem criticava, que era levado a pesquisar a base de sua origem, *de que lugar você fala?* A sociedade tinha deixado de funcionar de forma ingênua. Comprar um carro, dar nota a um trabalho, dar à luz, tudo tinha um sentido.

Nada neste mundo deveria ser estranho para nós, os oceanos, o crime de Bruay-en-Artois, fazíamos parte de todas as lutas, o Chile de Allende e Cuba, o Vietnã, a Tchecoslováquia. Analisar os sistemas, buscar modelos. Fazer uma leitura política generalizada do mundo. A palavra mais importante naquele momento era "libertação".

Cada um tinha o direito de falar e de ser escutado, quer fosse intelectual ou não, desde que representasse um grupo, uma condição, uma injustiça. Ter passado por alguma coisa na condição de mulher, homossexual, trânsfuga de classe, menor de idade, detento, camponês, dava o direito de dizer *eu*. Pensar em termos coletivos era estimulado. Os porta-vozes de cada grupo se levantavam espontaneamente, as prostitutas, os trabalhadores em greve. Charles Piaget, operário em Lip, era mais conhecido do que o psicólogo de mesmo nome, de quem ouvíamos falar incansavelmente nas aulas de filosofia (sem suspeitar que, um dia, o nome Piaget não nos remeteria nem a um nem a outro, mas, sim, à joalheria de luxo nas revistas no cabeleireiro).

Agora, rapazes e moças andavam juntos em todos os lugares. Não havia mais prêmios, composições e uniforme, as notas tinham sido substituídas por letras, de A a E. Os estudantes podiam se beijar e fumar no pátio, e opinavam sobre o tema da redação, *que idiotice* ou *genial*.

Chegava a hora de experimentar a gramática estrutural, os campos semânticos e as isotopias, a pedagogia de Freinet. De trocar Corneille e Boileau por Boris Vian, Ionesco, as canções de Boby Lapointe e de Colette Magny, *Pilote* e as HQs. E se fazia necessário um romance ou um diário que se baseasse na hostilidade dos colegas que se esconderam, em 68, na sala dos professores, e nos pais que se escandalizavam com os professores quando passávamos como leitura *O apanhador no campo de centeio* e *Les Petits Enfants du siècle* para reforçar nossa persistência.

Depois de discussões acaloradas sobre drogas, poluição ou racismo, saíamos sentindo uma espécie de embriaguez e a suspeita, no fundo, de não estar ensinando nada aos alunos, será que na verdade não estávamos *andando em círculos*? E a escola, será que servia mesmo para alguma coisa? As perguntas não nos deixavam em paz.

Pensar, falar, escrever, trabalhar, existir de outro modo: ao tentar de tudo um pouco, sentíamos que não havia nada a perder.

1968 era o primeiro ano do mundo.

Ao sabermos da morte do general De Gaulle em uma manhã de novembro, por um instante ficamos todos incrédulos — aos nossos olhos, ele era imortal. Depois percebemos que ele já estava esquecido havia um ano e meio. Esta morte colocava um ponto final no tempo anterior ao mês de maio, os anos distantes da nossa vida.

Assim, os dias iam passando e a rotina se repetindo, os sinais na escola, a voz de Albert Simon e Madame Soleil na Europe nº 1, o filé com fritas aos sábados, todas as noites *Kiri, o palhaço* e *Une minute pour les femmes*, de Annick Beauchamp — e nada parecia se alterar. Talvez, para entendermos o que tinha acontecido, fosse preciso fazer uma pausa, por exemplo, parar por um instante na frente da imagem formada pelos alunos, todos sentados no chão do pátio do colégio, ao sol, depois da morte de um operário, Pierre Overney, morto por um vigia da Renault. Ali, naquele instante, tentar captar a sensação única de uma tarde de março que passaria a ser, quando o tempo atrás de nós se transformasse em história, a imagem da primeira ocupação.

O pudor de outros tempos não existia mais. Agora, o sentimento de culpa era motivo de pilhéria, *somos parte de uma sociedade judaico-cristã*, a miséria sexual era denunciada e o maior insulto era dizer que uma pessoa demorava a ter prazer. A revista *Parents* ensinava às mulheres frígidas a se estimularem diante de um espelho com as pernas abertas. Em um panfleto distribuído nas escolas, o dr. Carpentier incentivava os estudantes a se masturbarem para afastar o tédio das aulas. Inocentavam qualquer carinho feito entre adultos e crianças. Tudo o que antes era proibido, pecado inominável, passou a ser recomendado. Já tinha virado um hábito ver os sexos aparecendo na tela, mas prendíamos a respiração, por medo de deixar escapar a emoção, quando o Marlon Brando sodomizava a Maria Schneider. Para aperfeiçoar as técnicas sexuais, comprava-se um livrinho sueco, de capa vermelha, com fotos que mostravam todas as posições possíveis, e se assistia a *Technik der körperlichen Liebe* [Técnicas para o amor físico]. Cogitávamos fazer amor a três. Mas tudo isso era inútil, ainda não conseguíamos vencer o que costumava ser um atentado ao pudor, ficar nu na frente dos filhos.

O discurso do prazer tomava conta de tudo. Era preciso ter prazer lendo, escrevendo, tomando banho, defecando. Esta era a finalidade das atividades humanas.

Então, passamos a refletir sobre a nossa história como mulher. Percebemos que não tínhamos tido nossa cota de liberdade sexual, criativa, e de tudo o que existe para os homens. O suicídio de

Gabrielle Russier provocou uma enorme comoção, como se ela fosse uma irmã desconhecida, e ficamos indignadas com o ardil de Pompidou citando um verso de Paul Éluard, que ninguém entenderia, para evitar emitir uma opinião sobre o caso. O rumor do MLF (Movimento de Libertação das Mulheres) se espalhava para o interior do país. A revista *Le torchon brûle* estava nas bancas de jornal, líamos *A mulher eunuco*, de Germaine Greer, *A política sexual*, de Kate Millett, *La Création étouffée*, de Suzanne Horer e Jeanne Socquet, e havia um misto de exaltação e impotência de quando descobrimos em um livro uma verdade sobre nós mesmas. Sentadas no chão, debaixo de um pôster com os dizeres *Uma mulher sem homens é um peixe sem bicicleta*, esquadrinhávamos nossas vidas, acordando do torpor conjugal, e sentíamos que era possível largar marido e filhos, nos desligar de tudo, e escrever coisas cruas. Ao chegar em casa, a determinação esfriava e nos sentíamos culpadas. Já não estava mais tão claro como fazer para nos libertar — e nem víamos motivos para isso. Cada uma se convencia de que o marido não era machista e ficava hesitando entre os discursos — um que propunha a igualdade dos direitos entre homens e mulheres, e atacava a "lei dos pais", e outro que preferia valorizar tudo o que era feminino (menstruação, aleitamento, preparação da sopa de alho-poró). De todo modo, pela primeira vez encarávamos nossa vida como uma caminhada na direção da liberdade. Isso mudava muito. Havia um sentimento feminino prestes a desaparecer, o da inferioridade natural.

Não lembrávamos o dia nem o mês — mas era primavera —, apenas que lemos todos os nomes, do primeiro ao último, das 343 mulheres que declararam, na revista *Le Nouvel Observateur*, ter feito um aborto ilegal — elas eram tantas e, ao mesmo tempo, se sentiam tão sozinhas com aquela sonda e o sangue jorrando no lençol. Mesmo sendo malvisto, apoiávamos as que pediam a abolição da lei de 1920 e o acesso livre ao aborto médico. Fazíamos panfletos na fotocopiadora da escola que deixávamos à noite nas caixas de correio, íamos assistir ao documentário *Histoires d'A.*, levávamos secretamente mulheres grávidas para um apartamento escondido onde médicos militantes sugavam gratuitamente o embrião que elas não desejavam. Uma panela de pressão para desinfetar o material e uma bomba de bicicleta com o mecanismo invertido bastavam: o dr. Karman tinha simplificado e tornado seguro o trabalho das abortadeiras. Para quem precisasse, dávamos endereços em Londres e em Amsterdã. O caráter clandestino disso tudo trazia um sentimento de exaltação, era como reatar com a Resistência ou assumir a responsabilidade dos chamados "carregadores de mala" da guerra da Argélia, que levavam falsos documentos e ajudavam os membros da FLN. A advogada Gisèle Halimi, que tinha defendido Djamila Boupacha, tão bela diante dos flashes dos jornalistas na saída do processo de Bobigny, representava essa continuidade — assim como os partidários da associação antiaborto *Laissez-les Vivre* e o professor Lejeune, que mostrava fetos na televisão para horrorizar as pessoas, representando Vichy. Um sábado à tarde, éramos milhares marchando sob o sol, com cartazes à mão, erguendo o olhar para o céu todo azul na região de Dauphiné, dizendo umas às outras que era responsabilidade nossa dar um basta, pela primeira vez, nas mortes vermelhas das mulheres há tantos milênios. Quem, então, poderia nos esquecer?

Cada um dava um jeito de ajustar a revolução às suas próprias possibilidades, de acordo com idade, profissão e meio social, interesses e antigas culpas. E aceitava, apesar de tudo, os imperativos que diziam para se distrair, comemorar e se informar:

afinal, tínhamos que aproveitar a vida. Uns fumavam maconha, viviam em comunidade, arrumavam um emprego como operários na Renault, visitavam Catmandu; outros passavam uma semana em Tabarka, liam *Charlie Hebdo*, *Fluide glacial*, *L'Écho des savanes*, *Tankonalasanté*, *Métal hurlant*, *La Gueule ouverte*, colavam flores na porta do carro, cartazes vermelhos do Che e da menina queimada por napalm no Vietnã na parede do quarto, usavam uma túnica como a de Mao, ou um poncho, e viviam sentados em almofadas pelo chão, acendiam incensos, compravam produtos naturais Maurice Mességué, iam ver as apresentações do *Le Grand Magic Circus*, *O último tango em Paris*, *Emmanuelle*, recuperavam uma antiga fazenda em Ardèche, assinavam a *Cinquante millions de consommateurs* por causa dos pesticidas na manteiga, não usavam mais sutiã, deixavam em cima da mesa a revista *Lui* à vista das crianças e pediam a elas para se referir aos pais usando apenas o primeiro nome de cada um, como se fossem colegas da escola.

Buscavam-se modelos no tempo e no espaço, a Índia e as montanhas Cevenas, o exotismo ou o campo. Existia um anseio pela pureza.

Enquanto não abandonavam trabalho e apartamento para viver no campo, projeto sempre deixado de lado, mas que tinham certeza de um dia realizar, os que estavam mais ávidos por mudanças procuravam tirar férias em cidades isoladas em terras agrestes, desdenhando as praias, onde se pega um *bronzeado inútil*, ou a cidade natal, sem graça e "desfigurada" pelo progresso industrial. Por outro lado, eles denominavam os camponeses pobres, vindos de regiões secas aparentemente inalteradas por séculos, de *autênticos*. Os que queriam fazer História admiravam acima de tudo a resignação deles com o ciclo das estações e a permanência dos gestos — e compravam uma velha casinha destes mesmos camponeses por uma ninharia.

Ou, então, eles iam passar as férias nos países do Leste. Em meio às ruas cinzentas com calçadas quebradas, diante de lojas do Estado com produtos parcos e sem marca, embalados em um papel grosso, as lâmpadas nuas pendentes nos tetos dos apartamentos iluminados à noite, eles tinham a impressão de andar em um mundo lento, sem graça, sem os recursos de todos esses anos do pós-guerra. Era um sentimento agradável e indescritível. Porém, eles não gostariam de morar lá. Traziam das viagens camisas bordadas e um licor, o *raki*. Desejavam que sempre houvesse no mundo países sem progresso para que pudessem sempre ser transportados de volta no tempo.

No começo dos anos 1970, nos fins de tarde de verão com cheiro de terra seca e tomilho, os convidados (que não se conheciam entre si) ficavam reunidos em volta da grande mesa de fazenda, comprada por apenas mil francos em um antiquário, e dos espetinhos de carne e da *ratatouille niçoise* — também era preciso pensar nos vegetarianos. Vinham de lugares e meios diferentes, eram parisienses que estavam consertando a casa ao lado, mochileiros de passagem, adeptos de caminhadas e de pintura em seda, casais com e sem crianças, homens peludos, meninas adolescentes mais saidinhas, mulheres mais velhas com vestidos indianos. Depois de um começo de conversa reticente, apesar de se tratarem informalmente desde o início, passavam a falar sobre os corantes e hormônios presentes nos alimentos, sexologia e expressão corporal, antiginástica, o método Mézières e o método Rogers, ioga, o parto sem violência de Frédéric

Leboyer, homeopatia e soja, autogestão e Lip, René Dumont. Perguntavam se era melhor mandar as crianças para a escola ou educá-las em casa, se fazia mal para a saúde utilizar Ajax para arear panelas, se a prática de ioga era útil, ou a terapia em grupo, se era utópico trabalhar apenas duas horas por dia, se as mulheres deveriam exigir igualdade com os homens ou igualdade na diferença. Revisavam a melhor maneira de se alimentar, de nascer, de criar os filhos, de cuidar de si, de dar aulas, de estar em harmonia com a vida, com os outros, com a natureza e de escapar da sociedade. Falavam sobre saber *se expressar*: cerâmica, tecelagem, violão, bijuteria, teatro, escrita. Havia no ar um imenso e vago desejo de criar. Todo mundo reivindicava uma atividade artística ou fazia planos de ter alguma. Estava combinado e, de um modo ou de outro, todos concordavam que, mesmo não pintando ou tocando flauta transversal, restava a possibilidade de ser criativo fazendo psicanálise.

Enquanto as crianças, que iam dormir juntas no mesmo quarto, se entregavam de coração a pintar o sete, apesar da ordem expressa para não "fazerem bagunça", os pais bebiam um destilado trazido pelo camponês que morava na casa ao lado — convidado apenas para o aperitivo — e as conversas avançavam em direção a dúvidas sexuais oníricas, será que somos héteros ou homos, até confissões diversas, como o primeiro orgasmo. A adolescente mais saidinha disse: "adoro cagar". Estar ali naquela noite de verão entre pessoas que não tinham laços entre si, tão distante das refeições em família e dos rituais que passamos a detestar, dava um sentimento emocionante de abertura para a diversidade do mundo. Era como ser adolescente outra vez.

Não passava pela cabeça de ninguém evocar a guerra, Auschwitz e os campos de concentração, e nem os acontecimentos na Argélia, já um caso passado. Apenas Hiroshima, o futuro nuclear.

Nada tinha acontecido entre os séculos de campesinato — cujo sopro era trazido pela noite exalando cheiro de mato — e aquele momento de agosto de 1973.

Alguém começava a tocar violão, a cantar "Comme un arbre dans la ville", de Maxime Le Forestier, e "Duerme negrito", de Quilapayun — os outros ouviam com os olhos baixos. Sentindo uma felicidade singela, iam dormir em camas de armar na antiga casa de sericultura, sem saber se era melhor fazer amor com o vizinho da direita ou da esquerda, ou com nenhum dos dois. O sono chegava antes de decidirem, estavam eufóricos e reconfortados, satisfeitos com o estilo de vida que tinham escolhido para si próprios — bem longe da gente com mentalidade tacanha amontoada nos campings em Merlin-Plage.

A sociedade agora tinha um nome, "sociedade de consumo". Era um fato sem discussão, uma certeza que, gostando ou detestando, não tinha mais volta. O aumento do preço do petróleo deixava todos atônitos. O clima de consumo estava no ar e havia uma apropriação das coisas e dos bens. Comprávamos uma geladeira duas portas, um Renault R5 no impulso, uma semana no Club Hôtel em Flaine, um *studio* em Grande-Motte. Trocávamos de tevê. Na tela colorida, o mundo era mais bonito, as casas por dentro, mais desejáveis. A distância que o preto e branco criava para o universo cotidiano, do qual ele era o negativo severo, quase trágico, desaparecia.

A publicidade ditava as regras de como as pessoas deveriam viver e se comportar, quais móveis deveriam comprar. Ela era responsável por orientar os caminhos culturais da sociedade. As crianças pediam água Évian frutada, "é mais vitaminada", biscoitos Cadbury, queijo processado Kiri, um toca-discos portátil para ouvir os Aristogatas e "La Bonne du curé", um carrinho com controle remoto e uma boneca Barbie. Os pais esperavam que, dando tudo isso, eles não fumariam maconha quando fossem mais velhos. E nós — que não éramos bobos nem nada e que analisávamos seriamente com os alunos os perigos da publicidade, e passávamos como tema para a redação "será que a felicidade está no consumo das coisas?" — comprávamos na Fnac um aparelho de som portátil, um som três em um da Grundig, e uma câmera Super 8 da Bell et Howell. Tínhamos a sensação de estar usando a modernidade para fins inteligentes. Para nós, e por nós, o consumo se purificava.

Os ideais de maio se convertiam em objetos e em entretenimento.

Em meio aos ruídos do projetor, ver a si mesmo pela primeira vez andando, mexendo os lábios, rindo sem som na tela projetada na sala de casa era desconcertante. Todo mundo se espantava de ver a si e seus próprios gestos. Era uma sensação nova, sem dúvida análoga à das pessoas do século 17 quando se viram em um espelho pela primeira vez, ou dos nossos bisavós diante de seu primeiro retrato fotográfico. Ninguém ousava confessar que se sentia perturbado, preferindo ver os outros na tela, os pais e amigos, mais de acordo com o que eles já eram para nós. Ouvir a própria voz no gravador era ainda pior. Nunca mais poderíamos esquecer essa voz que os outros ouviam. Ganhava-se um conhecimento de si próprio, mas se perdia a tranquilidade.

No modo de se vestir, de usar uma regata e tamancos, calças boca de sino, de ler (*Le Nouvel Obs*), se indignar (contra a energia nuclear, os detergentes no mar), de reconhecer (os hippies), nos sentíamos *ajustados* à época — por isso a certeza de ter razão em todos os assuntos. Os pais e as pessoas com mais de cinquenta anos eram de outro tempo, inclusive ao insistirem em querer compreender os mais jovens. Considerávamos as opiniões e os conselhos que eles davam como simples informação. Nós nunca iríamos envelhecer.

A primeira imagem do filme mostra uma porta de entrada se entreabrindo — é de noite —, torna a se fechar e depois abre outra vez. Um menininho sai, depois para, indeciso, com um casaco laranja, um boné com abas cobrindo as orelhas, pisca os olhos. Depois outro menino ainda menor, todo encasacado, usando uma jaqueta azul de forro branco com capuz. O maior está inquieto, o outro fica parado, os olhos fixos, parece que o filme parou. Uma mulher entra com um sobretudo marrom e longo, colado ao corpo, o capuz escondendo a cabeça. Carrega no braço duas caixas de papelão uma sobre a outra, cheias de produtos alimentares. Ela empurra a porta com as costas. Desaparece do campo de visão, reaparece sem as caixas, tirando o sobretudo, que pendura em um cabideiro, se vira para a câmera e lança um sorriso rápido, depois abaixa os olhos, ofuscada pela luz forte da lâmpada de magnésio. Ela está quase magra, pouco maquiada, com uma calça bailarina marrom, colada, sem braguilha, pulôver com listras marrons e amarelas. Os cabelos castanhos até o ombro, presos com um grampo. Tem alguma coisa ascética e triste — ou desiludida — na expressão, o sorriso chega tarde demais para ser espontâneo. Os gestos traduzem a dureza e/ou o nervosismo. As crianças estão lá outra vez, na frente dela. Nenhum dos três sabe o que fazer, mexem pernas e braços e, já acostumados à luz forte, olham para a câmera. Visivelmente não dizem nada. Parece que posam para uma foto que nunca termina de ser tirada. O menino maior ergue o braço e faz uma saudação militar grotesca, os lábios em uma careta, as pálpebras fechadas. A câmera pula para elementos da casa com algum valor estético e de mercado, definindo um gosto burguês, um baú, uma luminária de teto em opalina.

Foi ele, marido dela, que filmou estas imagens quando ela voltava das compras depois de buscar as crianças na escola. Na etiqueta da bobina do filme, o título *Vida familiar 72-73*. Sempre é ele quem filma.

Segundo os critérios dos jornais femininos, vista de fora ela faz parte da categoria em expansão de mulheres de trinta anos ativas, que conciliam trabalho e maternidade, preocupadas em permanecerem femininas e na moda. Enumerar os lugares que ela frequenta ao longo do dia (escola, Carrefour, açougue, lavanderia etc.), os trajetos que faz em um Mini Austin entre a pediatra, o judô do mais velho e a cerâmica do menor e o correio, calcular o tempo dedicado a cada ocupação, aulas e correções de trabalhos, preparo do café da manhã, roupa das crianças, a roupa para lavar, almoço, compras, com exceção do pão — que é ele quem compra na volta do trabalho —, enumerar isso tudo tornaria evidente:
uma divisão aparentemente desigual entre o de fora e o de dentro da casa, o trabalho assalariado (2/3) e o trabalho doméstico, incluindo a educação dos filhos (1/3)
uma grande diversidade de tarefas
alta frequência em estabelecimentos comerciais
uma ausência quase total de tempo livre

Ela não faz esse cálculo, sente apenas uma espécie de orgulho ao fazer rapidamente tarefas que não exigem invenção nem transformação. De qualquer maneira, o cálculo não bastaria para explicar seu novo estado de espírito.

Ela vivencia o próprio trabalho como uma imperfeição contínua e um erro. Anotou em seu diário, "ser professora me dilacera". Ela está cheia de energia e de desejo de aprender e de fazer coisas novas, lembra de ter escrito aos 22 anos, "se não cumprir com a promessa de escrever um romance até os 25 anos eu me suicido". Até que ponto Maio de 68 — que ela tem a impressão de ter perdido, pois a vida já estava estabelecida demais — está na origem da pergunta que não a deixa sossegada: "Será que eu poderia ser mais feliz se levasse outra vida?".

Começa a imaginar a si própria fora da situação conjugal e da família.

Os anos como estudante já não são objeto de desejo nostálgico. Vê esse momento como uma espécie de emburguesamento intelectual, de ruptura com seu mundo de origem. A memória, que era romântica, passa a ser crítica. Com frequência, ela se lembra de cenas da infância, a mãe gritando *um dia você vai cuspir no prato que comeu*, os rapazes andando de Vespa depois da missa, ela com a permanente cacheada como na foto no jardim do internato, os deveres de casa em cima da mesa de madeira forrada com uma toalha protetora impermeável engordurada onde o pai "fazia a colação" — as palavras que também voltam, como uma língua esquecida —, as leituras, *Confidences* e os livros de M. Delly, as canções de Mariano, as lembranças de ter sido uma excelente aluna na escola e de se sentir socialmente inferior — algo que está invisível nas fotos. Tudo o que ela buscou enterrar, por ser vergonhoso, torna-se digno de ser reencontrado e trabalhado à luz da inteligência. À medida que ela libera a memória de uma condição humilde, o futuro é outra vez um campo de ação. Lutar pelo direito das mulheres abortarem, contra a injustiça social e compreender por quais caminhos se tornou esta mulher de agora são, para ela, um único gesto.

Nas lembranças daqueles anos, não há nada que ela considere como imagens de felicidade:
o inverno de 1969-70 é lembrado em preto e branco por causa do

céu em tom esmaecido e da neve que caiu em grande quantidade e ficou colada nas calçadas até o mês de abril, formando placas cinzentas que ela tentava quebrar com as botas, contribuindo para acabar com aquele que foi um inverno interminável, associado ao incêndio da boate de Saint-Laurent-du-Pont, em Isère, que, contudo, só pegou fogo no inverno seguinte
na praça de Saint-Paul-de-Vence, Yves Montand jogando petanca com uma camisa cor-de-rosa, a barriga saliente, depois de cada jogada se exibia feliz, olhando os turistas aglomerados por detrás do cercado a uma certa distância, o mesmo verão em que Gabrielle Russier foi presa e depois se suicidou quando voltou para seu apartamento
o parque das águas de Saint-Honoré-les-Bains, o laguinho onde as crianças brincavam com barcos mecânicos que ficavam boiando, o hotel do parque, onde ela morou por três semanas com eles, misturado em seguida com a pensão do livro de Robert Pinget, *Quelqu'un*.

No insuportável de sua memória, traz a imagem do pai agonizando e do cadáver vestido com a roupa que só tinha usado uma vez na vida, no casamento dela, descendo dentro de um saco plástico do quarto andar até o térreo pela escada apertada demais para a passagem de um caixão.

Os acontecimentos políticos só existem como detalhes: na tevê, durante a campanha presidencial, a visão aterradora da dupla Mendès France-Defferre, o pensamento que lhe ocorreu na época, "mas por que Pierre Mendès France não se apresenta sozinho?", e o momento em que Alain Poher, no último discurso antes do segundo turno, coça o nariz, e a impressão que ela teve de que, por causa deste gesto feito na frente de todos os espectadores, ele seria derrotado por Pompidou.

Ela não sente ter uma idade específica. Sente uma certa arrogância de mulher jovem em relação às mais velhas, uma condescendência com as mulheres já na menopausa. É improvável que um dia se torne uma delas. Não se incomoda com a predição que um dia fizeram de que morreria aos 52 anos. Parece uma idade aceitável para morrer.

Anunciaram que o clima esquentaria na primavera, e depois no outono. Mas nunca aconteceu nada disso.

Comitês de ação escolares, autonomistas, ecologistas, antinucleares, objetores de consciência, feministas, homossexuais. Havia uma efervescência de muitas causas, mas elas não se juntavam. O resto do mundo também estava passando por inúmeras convulsões, da Tchecoslováquia à interminável Guerra do Vietnã, passando pelo atentado na Olimpíada de Munique, e por sucessivas juntas na Grécia. O governo e Marcellin reprimiam tranquilamente as "ações esquerdistas". E, ainda por cima, a morte tão brusca de Pompidou (acreditávamos que ele tinha apenas hemorroidas). Na sala de professores, os cartazes do sindicato voltavam a anunciar que aquela greve "contra a degradação das nossas condições de trabalho" faria "o governo voltar atrás". Imaginar o futuro se limitava a marcar na agenda as férias, logo no começo do ano letivo.

Ler o *Charlie Hebdo* e o *Libération* fazia com que se mantivesse acesa em nós a crença de que pertencíamos a uma comunidade voltada para o prazer revolucionário e para o trabalho, à espera de um novo mês de maio.

O "gulag", trazido à tona por Soljenítsin, fora recebido como uma revelação, semeando confusão e manchando o horizonte da Revolução. Estampado em cartazes, um indivíduo com um sorriso abominável dizia aos pedestres, olho no olho, *Seu dinheiro me interessa*. Acabaríamos relacionando tudo isso à União da esquerda e seu programa comum, que, afinal, era uma coisa nunca vista até então. Entre 11 de setembro de 1973 — em que participamos das manifestações contra Pinochet depois do assassinato de Allende, enquanto a direita comemorava por ver encerrada "a triste experiência chilena" — e a primavera de 1974 — quando assistimos, na tevê, ao que chamaram de "grande acontecimento", Mitterrand e Giscard frente a frente —, deixamos de acreditar que haveria um novo mês de maio. Na primavera seguinte, por causa da chuva morna em março ou abril, tivemos a impressão, certa noite, ao sair do conselho de classe, de que alguma coisa poderia acontecer mas, ao mesmo tempo, de que acreditar nisso era uma ilusão. Não aconteceu mais nada na primavera, em Paris ou em Praga.

Com Giscard d'Estaing, passamos a viver em uma "sociedade liberal avançada". Nada era político ou social, apenas moderno ou não. Tudo era uma questão de modernidade. As pessoas confundiam livre e liberal, pensavam que uma sociedade com este nome era aquela que possibilitava ter o máximo de direitos e de coisas.

Ninguém se entediava realmente. Nós — que tínhamos ligado a tevê na noite da eleição logo depois de ter ouvido Giscard dizer, fazendo um bico e balbuciando, "cumprimento meu adversário" —, até mesmo nós ficávamos abalados com o voto aos dezoito anos, o divórcio por consenso mútuo, o debate sobre a lei do aborto, e por pouco não choramos de raiva ao ver Simone Veil se defendendo sozinha na Assembleia contra os homens enfurecidos que trabalhavam ao lado dela. Ela passou a habitar nosso panteão, ao lado de outra Simone, de Beauvoir — que, na primeira vez em que apareceu na televisão dando uma entrevista, de turbante e unhas vermelhas, fazendo o estilo vidente, decepcionou todo mundo, era tarde demais, ela não devia ter feito isso. E nós não ficávamos mais ofendidas quando os alunos confundiam Simone Veil com a filósofa que porventura acontecia de citarmos no curso. Mas definitivamente rompíamos relações com esse presidente elegante que se recusou a perdoar Ranucci, condenado à morte no meio de um verão sem uma gota de chuva sequer, o clima fervia, era o primeiro calor depois de tanto tempo.

Agora a moda era a leveza, o "piscar de olhos". Não existia mais indignação moral. Nos divertíamos lendo os letreiros de cinema *As boqueteiras* e *A calcinha molhada*, não perdíamos nenhuma apresentação de Jean-Louis Bory fazendo papel de "louco". Agora a proibição de *A religiosa* parecia inconcebível. Mas era difícil confessar o quanto tínhamos ficado abalados ao ver a cena de *Corações loucos* em que Patrick Dewaere mama o peito de uma mulher, no lugar do bebê dela.

Perdíamos o hábito de usar as palavras correntes associadas à moralidade, passando a usar outras que julgavam ações, comportamentos e sentimentos de acordo com o prazer, "frustração" e "gratificação". A nova maneira de se estar no mundo era a "descontração", ficar à vontade com seu tênis, mistura de segurança de si e indiferença aos outros.

Agora, mais do que nunca, as pessoas sonhavam com o campo, longe da "poluição", do esquema "casa, trabalho, casa", dos subúrbios com alta "densidade demográfica" e com os arruaceiros que moravam lá. Apesar disso, as pessoas continuavam indo morar nas grandes cidades, nas regiões com conjuntos habitacionais ou nas regiões do subúrbio, de acordo com as possibilidades de cada um.

E nós, com menos de 35 anos, ficávamos melancólicos só de pensar em se estabelecer e ficar quieto num canto, envelhecer e morrer na mesma cidadezinha. Será que nunca conseguiríamos adentrar naquele lugar que víamos como um caldeirão fervente, a região parisiense, da qual era possível sentir a turbulência quando o trem passava por Dijon e ia correndo feito louco sem parar até os muros cinzentos da Gare de Lyon? Esta seria a progressão inevitável de uma vida que tinha dado certo, a entrada completa na modernidade.

Sainte-Geneviève-des-Bois, Ville-d'Avray, Chilly-Mazarin, Le Petit-Clamart, Villiers-le-Bel, todos estes nomes — que soavam bonitos e históricos e que evocavam um filme (o atentado contra De Gaulle), ou nada —, todos estes nomes eram lugares que não sabíamos onde ficavam no mapa, somente que estavam situados dentro do círculo encantado de onde era possível ir até o Quartier Latin para tomar um *café crème* em Saint-Germain, como fazia Serge Reggiani. Era preciso apenas evitar os bairros Sarcelles, La Courneuve e Saint-Denis, onde morava o enorme contingente de "população estrangeira" nos "grandes conjuntos" cujo "mal" era denunciado até mesmo nos livros didáticos.

Assim, fomos embora morar em uma cidade nova situada a quarenta quilômetros do Boulevard Périphérique, para além da Paris intramuros. Uma casinha em um condomínio ainda em construção, colorido como uma cidade de veraneio, com ruas que tinham nomes de flores. A porta rangia quando fechava. Era um lugar silencioso e isolado, sob o céu da Île-de-France, à margem de um campo coberto por antenas.

Um pouco mais distante, havia espaços arborizados, construções de vidro e torres administrativas, uma área de pedestres, outros condomínios ligados por passarelas por cima das vias de circulação.

Era impossível imaginar os limites da cidade. Era como flutuar em um espaço vastíssimo onde a existência se diluía. Caminhar ali era algo sem sentido, em último caso dava para correr com roupa esportiva sem olhar nada ao redor. Levávamos em nós a marca da cidade antiga, com ruas cheias de carros e calçadas com pessoas caminhando.

Ao migrar do interior para a região parisiense, o tempo ficava mais acelerado. O sentimento de duração das coisas não era mais o mesmo. Quando anoitecia, tínhamos a impressão de não ter feito nada, apenas dado aulas confusas para turmas irritadas.

Morar na região parisiense era:
ser lançado a um território em que a geografia escapava, misturado a um emaranhado de vias que só se percorriam de carro
não poder escapar do espetáculo sedutor dos produtos amontoados em lugares ermos ou ao longo das avenidas em uma sequência heterogênea de depósitos com letreiros que anunciavam o caráter exagerado das grandes redes (Tousalon, Mondial Moquette, Cuircenter) que davam uma realidade estranha às propagandas no rádio, *e Saint-Maclou também*

Não encontrávamos uma harmonia naquilo que víamos.

Era como ser transplantado para outro espaço-tempo, outro mundo, provavelmente o futuro. Por isso a dificuldade em nomear, era possível apenas ter a experiência atravessando a área de pedestres aos pés da torre Bleue, no meio de pessoas que nunca se conheceriam e de skatistas. Ninguém nunca pensava no outro, eram milhares de indivíduos morando naquela região e milhões até a região da Défense.

Para quem morava ali, Paris não era real. Estavam todos cansados de ir até lá às quartas e domingos com as crianças para ver a torre Eiffel e o museu Grévin, atravessar o rio Sena em um bateau-mouche. Os lugares históricos que, na infância, habitavam nossos sonhos e pareciam tão próximos nas placas das estradas, Versailles, Chantilly, já não despertavam mais nenhum desejo. Nas tardes de domingo, ficávamos em casa assistindo a *Le Petit Rapporteur* e fazendo atividades manuais.

O lugar mais frequentado era o grande shopping center de três andares, que tinha calefação, silencioso apesar da multidão, teto de vidro, fontes e bancos, com galerias iluminadas por uma luz suave que contrastava com a iluminação implacável das vitrines. As lojas ficavam coladas umas nas outras, sem intervalo, e era possível entrar e sair livremente delas, pois não tinham portas, e nem era preciso dizer bom-dia ou até logo. As roupas e os alimentos nunca tinham parecido tão bonitos — e acessíveis sem distância e nem ritual. Os diminutivos nos nomes das lojas conferiam um ar infantil e inconsequente ao ato de mexer nas roupas. Ali nos sentíamos sem idade.

Não era a mesma pessoa que ia fazer compras no supermercado Prisu ou nas Nouvelles Galeries. De Darty a Pier Import, o desejo consumista pulsava dentro de nós, como se comprar uma máquina de fazer waffles e uma luminária japonesa pudesse nos transformar em seres diferentes, do mesmo modo que, aos quinze anos, desejávamos ser diferentes graças às palavras da moda que conhecíamos e ao rock 'n' roll.

Deslizávamos por um presente sem graça sem poder dizer se era por termos nos mudado para uma cidade sem passado ou pela perspectiva ilimitada de estar em uma "sociedade liberal avançada", ou por uma coincidência fortuita entre as duas coisas. Fomos assistir ao filme *Hair*. No avião que levava o herói do filme para o Vietnã, víamos a nós mesmos e as nossas ilusões de 1968 sendo levadas para a morte.

Ao longo das semanas, da rotina estabelecida e da prática para estacionar o carro, a sensação de estranheza se dissipava. Com espanto, percebíamos que fazíamos parte desta população imensa e informe cujo ruído indistinto, percorrendo as estradas de manhã e à noitinha, parecia nos entregar à realidade invisível e potente. Começávamos a descobrir Paris, localizar suas ruas e *arrondissements*, as estações de metrô e o ponto ideal na plataforma para descer do trem e fazer a baldeação. Tínhamos coragem, enfim, de pegar o carro até L'Étoile e La Concorde. Ao entrar na ponte de Gennevilliers, diante da perspectiva enorme de Paris que se abria de repente, ficávamos emocionados de fazer parte desta vida enorme e agitada, como se fosse uma conquista individual. Não existia mais o desejo de voltar para aquela vida monótona do interior. E, numa noite, dentro do trem que mergulhava no escuro salpicado por letreiros luminosos vermelhos e azuis da região parisiense, a cidade de Haute-Savoie que tínhamos deixado três anos antes parecia ser agora o fim do mundo.

A Guerra do Vietnã tinha acabado. Tanta coisa tinha se passado desde o seu começo que ela fazia parte da nossa vida. No dia da queda de Saigon, ficou claro que ninguém acreditava em uma derrota americana. Finalmente, eles estavam pagando o preço pelo napalm, a menininha correndo em um campo de arroz na foto que decorava as paredes. Todos eram invadidos por aquele sentimento misto de alegria e exaustão de quando as coisas chegam ao fim. Estava na hora de baixar o tom. A televisão mostrava uma porção de gente amontoada em barcos fugindo do Vietnã comunista. No Camboja, a expressão civilizada do afável rei Sihanouk, assinante da revista *Canard enchaîné*, não conseguia esconder a crueldade dos khmers vermelhos. Mao tinha morrido e nos trazia à memória a manhã de inverno em que ouvimos, na cozinha antes de ir para a escola, os gritos de *Stálin morreu*. Por detrás do deus do rio no período das Cem Flores, descobríamos uma associação de malfeitores dirigida pela viúva Jiang Qing. Não muito longe, na fronteira da França, as Brigadas Vermelhas e o Grupo Baader-Meinhof sequestravam executivos e chefes de governo, que depois eram encontrados mortos nos porta-malas dos carros como se fossem mafiosos quaisquer. Ter esperanças em uma revolução foi se tornando algo vergonhoso e já não se podia dizer que o suicídio de Ulrike Meinhof em sua cela na prisão nos entristecia. Estranhamente, o crime de Althusser, que estrangulou a mulher num domingo de manhã na cama, parecia imputável tanto ao marxismo que ele encarnava quanto a um problema psíquico.

Os "novos filósofos" começavam a ir aos palcos televisivos, se voltavam contra as "ideologias" e erguiam a bandeira de Soljenítsin e do gulag para enterrar de vez os que sonhavam com a revolução. Ao contrário de Sartre, considerado gagá, e que ainda se recusava a ir à televisão, e de Simone de Beauvoir, conhecida por falar rápido demais, eles eram jovens e "interpelavam" as consciências usando palavras que todo mundo compreendia, transmitindo a todos uma segurança sobre a própria inteligência. O espetáculo que davam com sua indignação moral era agradável de acompanhar, mas não estava claro aonde queriam chegar — apenas que desencorajavam o voto na União da esquerda.

Para nós, a quem havia sido prescrito na infância salvar a alma com boas ações, nas aulas de filosofia, pôr em prática o imperativo kantiano *de agir de tal modo que a sua ação possa se erigir como máxima universal*, com Marx e Sartre, mudar o mundo — e que tínhamos acreditado em Maio de 68 —, não havia nenhuma esperança ali.

As autoridades se calavam a respeito dos subúrbios e das novas famílias que chegavam para morar nas moradias populares, se tornando vizinhas dos que já estavam estabelecidos por lá. Os novos moradores eram reprovados pelo fato de não falarem nem comerem como nós. Eram populações indefinidas e desconhecidas, que sequer chegavam perto da ideia de felicidade que a sociedade aspirava, reunidas por acaso, "desfavorecidas", sem outra escolha além de morar em "gaiolas para coelhos" onde, de todo modo, ninguém poderia imaginar ser feliz. A imigração conservava a figura do estivador de capacete no fundo de um buraco na calçada e do lixeiro pendurado no caminhão, uma existência puramente econômica que nossos alunos conferiam a eles, com ar triunfal, ao longo dos debates em sala de aula, convencidos de terem o melhor argumento contra o racismo: precisamos deles para os trabalhos que os franceses não querem mais fazer.

Apenas os fatos mostrados na televisão tocavam na realidade. Todo mundo tinha um aparelho colorido em casa. Os idosos ligavam ao meio-dia, no horário em que os programas começavam, e dormiam à noite diante da tela imóvel. No inverno, bastava aos devotos assistir a *O dia do Senhor* para ter a missa em casa. As mulheres em casa passavam roupa vendo as novelas no canal 1 ou *Hoje Madame* no canal 2. As mães mantinham os filhos calmos com *As visitas de quarta-feira* ou *O mundo maravilhoso de Walt Disney*. Para todos, a televisão era a garantia de poder se distrair a qualquer momento por um baixo custo. Para as esposas, era a tranquilidade de estar com os maridos ao lado assistindo ao *Domingo Sport*. Ela nos rodeava de uma constante e impalpável solicitude, que percorria os rostos unanimemente sorridentes e compreensíveis dos apresentadores (Jacques Martin e Stéphane Collaro) e seu jeito bonachão (Bernard Pivot, Alain Decaux). Ela unia todo mundo cada vez mais nas mesmas curiosidades, medos e satisfações, será que vão encontrar o assassino odioso do pequeno Philippe Bertrand, o barão Empain, apanhar Mesrine, será que o aiatolá Khomeini vai recuperar o Irã. Ela nos dava o poder sempre renovado de citar acontecimentos e faits divers. Ela nos fornecia informações medicinais, históricas, geográficas, sobre o mundo animal etc. O saber comum se alargava, um saber feliz e sem consequências, do qual, ao contrário da escola, não precisávamos prestar contas a ninguém, apenas usá-lo nas conversas, acompanhado por um *disseram que* ou *mostraram na televisão*, indicando uma marca de distância diante da fonte ou prova de verdade.

Somente os professores reclamavam da televisão, acusando-a de desviar as crianças da leitura e esterilizar sua imaginação. Mas elas não davam a menor bola, cantavam a plenos pulmões as músicas infantis, imitavam as vozes de Piu Piu e Frajola, se encantavam repetindo o slogan do supermercado Mammouth, "Mamute, esmague esses preços/ Mamãe, esmague esses peidos". Sem contar o *Muppet Show*.

O registro heterogêneo e contínuo do mundo, à medida que o tempo passava, era transmitido pela televisão. Uma nova memória estava nascendo. Do magma de milhares de coisas virtuais — vistas, esquecidas e desassociadas do comentário que as acompanhava —, o que ficava eram as propagandas que duravam um tempo maior, as figuras mais pitorescas ou expostas, as cenas insólitas ou violentas, em uma sobreposição que dava a impressão de terem encontrado Jean Seberg e Aldo Moro mortos no mesmo carro.

A morte de intelectuais e cantores aumentava o sentimento de desolação daquele momento. Roland Barthes tinha ido cedo demais. A morte de Sartre era previsível e, quando chegou, foi majestosa, com um milhão de pessoas acompanhando um cortejo fúnebre e o turbante de Simone de Beauvoir que escorregou bem na hora em que o caixão desceu. Sartre tinha vivido o dobro de tempo de Albert Camus — enterrado, desde há muito, ao lado de Gérard Philipe, no mesmo túmulo, no inverno de 1959-60.

Todo mundo ficou desnorteado com as mortes de Brel e de Brassens, como ocorrera outrora com Piaf, como se eles tivessem que nos acompanhar por toda a vida, mesmo que já ninguém ouvisse nenhum dos dois (um era moralista ao extremo, o outro, amavelmente anarquista). Preferíamos Renaud e Souchon. Foi bem diferente da morte risível de Claude François, eletrocutado na banheira na véspera do primeiro turno das eleições legislativas — que a esquerda perdeu quando todos esperavam que fosse ganhar —, e da de Joe Dassin, que tinha praticamente a nossa idade e fez com que sentíssemos o quão distante estava aquela primavera de 1975, a queda de Saigon e o clima esperançoso ao qual associávamos sua música "L'Été indien".

No fim dos anos 1970, a memória estava ficando mais curta nos encontros familiares (tradição mantida, apesar da dispersão geográfica de uns e outros).

Tendo à mesa vieiras, carne assada comprada no açougue — e não em um hipermercado — e bolinhos de batata — congelados, mas que garantiam serem tão bons quanto os verdadeiros —, a conversa se voltava para os novos modelos de carros, para o projeto de construir ou comprar uma casa, as últimas férias, o consumismo da época e das coisas. Evitando instintivamente os assuntos que evidenciariam as antigas aspirações sociais e as disparidades culturais, falávamos detalhadamente sobre o presente em comum, as bombas de plástico na Córsega, os atentados na Espanha e na Irlanda, os diamantes de Bokassa, o panfleto assinado por Hasard D'Estaing, a candidatura de Coluche à presidência, Björn Borg, o corante E 123, os filmes, *A comilança*, que todo mundo tinha visto menos nossos pais que nunca iam ao cinema, e *Manhattan*, visto só pelos mais antenados. As mulheres conversavam à parte sobre questões domésticas — como dobrar o lençol de baixo, cuidar do desgaste do jeans no joelho, remover a mancha de vinho do guardanapo com sal —, mas o assunto geral era monopolizado pelos homens.

Ninguém mais remexia nas lembranças da guerra e da Ocupação, só de vez em quando durante a sobremesa, regada a champanhe, os mais velhos podiam mencionar de leve o assunto, e nós escutávamos com o mesmo sorriso de quando eles citavam Maurice Chevalier e Joséphine Baker. Os laços com o passado se esvaíam. Apenas o presente importava.

As crianças ocupavam boa parte das conversas dos pais, que comparavam com ansiedade os diferentes modos de educar, administrar a permissividade que nunca tinham conhecido, defender e autorizar (a pílula, as festas, o cigarro, a motocicleta). Falavam sobre as vantagens do ensino privado, a utilidade de aprender alemão e viajar para estudar uma língua. Eles queriam um bom ensino fundamental, boas escolas técnicas, um bom secundário, bons professores — e ficavam atormentados de perceber tudo o que poderia ser feito para que os filhos deslanchassem na vida sem sofrimento. Os pais se julgavam os únicos responsáveis pelo sucesso individual da prole.

O tempo dos filhos substituía o tempo dos mortos.

Quando interrogados delicadamente sobre suas distrações e músicas preferidas, os adolescentes respondiam de modo obediente, lacônico e desconfiado, certos de que no fundo ninguém estava realmente interessado no gosto deles, mas em sinais de alguma coisa que eles apenas intuíam, talvez seu eu escondido, e sobre a qual não pretendiam falar. Apesar de desconcertados com o RPG, os jogos de guerra e a *heroic fantasy*, os adultos ficavam mais tranquilos ao ver que eles citavam *O senhor dos anéis* e Beatles, e não apenas Pink Floyd, Sex Pistols e o *hard rock* que os pais eram obrigados a ouvir ao longo do dia. Ao olhar para eles, tão elegantes de pulôver com gola em V sobre uma camisa xadrez e o penteado comportado, pensávamos que, por enquanto, ainda estavam a salvo da droga, da esquizofrenia e da Agência Nacional de Emprego.

Depois da sobremesa, os mais novos eram convidados a mostrar os quadros feitos com prego e arame, as soluções encontradas para o cubo mágico, a tocar ao piano "Le Petit Nègre", de Debussy, que, para a irritação dos pais, ninguém escutava de verdade. Depois de muita discussão, desistiam de encerrar a reunião familiar com um jogo de tabuleiro: os mais jovens não sabiam jogar bridge, os mais velhos desconfiavam das Palavras Cruzadas, e o Banco Imobiliário demorava muito tempo para acabar.

E nós, que estávamos à beira dos anos 1980, quando faríamos quarenta anos, satisfeitos e cansados por termos completado uma etapa da vida, ficávamos olhando os rostos à contraluz enquanto experimentávamos um sentimento estranho de ocupar agora, no ritual herdado, o lugar do meio entre duas gerações. Uma vertigem do imutável, como se nada tivesse se transformado na sociedade. No burburinho das vozes, como se de repente elas estivessem deslocadas dos corpos, tomava-se consciência de que ali, nas refeições em família, a loucura poderia tomar de assalto algum de nós, que teria que ser tirado da mesa aos gritos.

De acordo com o desejo de cada um, e do Estado junto com os bancos e planos de financiamento de apartamento, "era possível ter acesso à propriedade". Uma vez realizado o sonho, espécie de realização social, o tempo se contraía e aproximava os casais da velhice: ali viveriam juntos até a morte. Emprego, casamento e filhos: pronto, tinham completado o ciclo da reprodução, tudo agora estava consolidado em prestações imobiliárias pelos próximos vinte anos. Eles se distraíam fazendo trabalhos manuais e pequenos reparos e colando papéis de parede. De vez em quando, sentiam um breve desejo de voltar atrás. E invejavam os jovens que, com o aval de todos, residiam em "moradias coletivas", às quais os próprios pais não tinham tido direito. Os casais de amigos estavam se divorciando aos montes. Já tinham apelado para filmes eróticos, a uma nova lingerie. De tanto fazer amor com o mesmo homem, as mulheres tinham a impressão de terem voltado a ser virgens. O intervalo entre as menstruações parecia diminuir. Elas comparavam a vida que levavam com a vida dos solteiros e divorciados e olhavam com melancolia para uma jovem sentada no chão na frente da estação com uma mochila nas costas tomando tranquilamente uma caixa de leite. Para testar a capacidade de viver sem os maridos, elas iam ao cinema sozinhas à tarde, sentindo um tremor interno, achando que todo mundo sabia que elas não estavam no lugar onde deveriam.

Estariam de volta ao grande comércio da sedução e outra vez estariam expostas às aventuras do mundo das quais tinham se afastado por causa do casamento e da maternidade. Queriam sair de férias sem marido nem crianças, mas percebiam que a perspectiva de viajar e ficar sozinhas no hotel trazia angústia. Dependendo do dia, oscilavam entre a vontade e o medo de deixar tudo para trás, de voltar a ser independentes. Para descobrir seu verdadeiro desejo e ganhar a coragem necessária,

iam ver *Uma mulher sob influência*, *Identificação de uma mulher*, liam *La Femme gauchère* e *La Femme fidèle*. Antes de tomarem a decisão de se separar, precisavam de alguns meses de brigas conjugais e reconciliações exaustivas, de conversas com amigas e de prevenir os pais sobre os desentendimentos do casal, eles que tinham dito, na hora do casamento, *na nossa família não existe isso de separação*. Durante o processo de ruptura, o inventário dos móveis e dos aparelhos a serem divididos apontava um caminho sem volta. Chegava o momento de fazer a lista dos objetos acumulados em quinze anos:
tapete 300 francos
aparelho de som 10 mil
aquário 1 mil
espelho marroquino 200
cama 2 mil
poltrona Emmanuelle 1 mil
armário de remédios 50 etc.

Os objetos também eram motivo de discórdia. O casal discutia o valor de mercado ("isso já não vale nada") e o valor de uso ("preciso mais do carro do que você"). Aquilo que os dois tinham desejado juntos no começo da vida em comum e tinham ficado satisfeitos de comprar, e que fora incorporado à decoração ou ao uso cotidiano, encontrava outra vez seu estatuto inicial, já esquecido, de objeto com preço. Se, por um lado, a lista de coisas a comprar, das panelas aos lençóis, tinha inicialmente firmado a união, a lista de coisas a serem divididas materializava agora a ruptura. Ela esquecia as curiosidades e desejos comuns, as escolhas feitas no catálogo à noite depois do jantar, a dúvida na Darty diante de dois modelos de fogão, a viagem arriscada da poltrona em cima do carro comprada em um antiquário em uma tarde de verão. O inventário dos objetos confirmava a morte do casal. O passo seguinte era consultar um advogado, transformar o que era "nossa" história em linguagem jurídica, que expurgava de uma só vez da ruptura os elementos passionais, fazia com que ela entrasse na banalidade e no anonimato de uma "dissolução da sociedade conjugal". A vontade era de fugir e deixar tudo como estava. Mas havia o pressentimento de que, naquele ponto, era impossível voltar, já estavam prontos para entrar no sofrimento do divórcio, na proliferação de ameaças, injúrias e mesquinharia, prontos a viver com duas vezes menos dinheiro, prontos a tudo para reencontrar o desejo de ter um futuro.

Foto colorida: uma mulher, um rapazinho de uns doze anos e um homem, os três estão distantes um do outro, como se estivessem dispostos em triângulo, em um pátio arenoso, branco por causa da luz do sol, as sombras estão marcadas ao lado de cada um. Estão diante de um prédio que poderia ser um museu. À direita, o homem, de costas, com o braço erguido, todo de preto com uma roupa no estilo Mao, filma o edifício. Ao fundo, na ponta do triângulo, o rapazinho, de frente, de short e camiseta estampada com alguma frase ilegível, segura um objeto preto, com certeza o estojo da câmera. A mulher está à esquerda, em primeiro plano e meio de perfil, com um vestido verde justo, solto na cintura, meio básico, meio hippie. Ela segura um livro grande que deve ser o guia de viagem. Os cabelos estão presos firmemente para trás da orelha, dando a ver um rosto cheio e impreciso por causa da luz. Debaixo do vestido delicado, o resto do corpo parece pesado. Os dois, a mulher e o filho, parecem ter sido fotografados enquanto caminhavam, virando para a câmera e sorrindo para a foto. No verso aparece a menção, *Espanha, julho de 1980*.

Ela é esposa e mãe deste pequeno grupo familiar. O quarto membro, filho mais velho adolescente, foi quem tirou a foto. Os cabelos presos, os ombros curvados, o caimento informe do vestido revelam, apesar do sorriso largo, um cansaço e uma indiferença em querer agradar.

Sob o sol, aqui, neste lugar não identificado de um percurso turístico, sem dúvida ela não pensa em nada além de sua bolha familiar que segue a viagem por *paradores*, bares de tapas e lugares históricos com três estrelas no guia, no Peugeot 305 que eles receiam ter os pneus furados pelo ETA. Nesta espécie de intimidade ao ar livre, ela se sente momentaneamente distante das preocupações diversas presentes em sua agenda sob a forma de notas elípticas — trocar os lençóis, comprar carne, conselho de classe etc. — e, graças a essa liberdade, fica entregue a uma consciência exacerbada. Desde que deixaram a região parisiense sob uma chuva torrencial, ela não consegue se desvencilhar da dor conjugal, poço de impotência, de ressentimento e de desamparo. Uma dor que filtra sua relação com o mundo. Dedica às paisagens apenas uma atenção distanciada, se limitando a constatar, ao passar pelas zonas industriais na entrada das cidades, a propaganda do supermercado com um Mamute erguido no lugar dos burricos, que a Espanha tirou desde a morte de Franco. Entre as mesas nas varandas dos cafés, repara apenas nas mulheres que julga terem entre 35 e 40 anos e busca, no rosto de cada uma, sinais de felicidade ou infelicidade, "como elas fazem?". Mas, às vezes, sentada no fundo de um bar, ao ver os filhos a distância, jogando com o pai jogos eletrônicos, se sente dilacerada pela ideia de trazer, com o divórcio, sofrimento para este universo tão tranquilo.

Desta viagem para a Espanha, ficarão guardados os seguintes momentos:
na Plaza Mayor de Salamanca, quando tomavam uma bebida à sombra, ela não conseguia desviar o olhar de uma mulher em seus quarenta e poucos, que poderia ser uma simples mãe de família, de camisa florida e saia até o joelho, mas que estava com uma bolsinha batendo ponto debaixo das arcadas
uma noite, no hotel Escorial em Toledo, acordada por gemidos, ela correu para o quarto dos filhos, ao lado. Eles dormiam tranquilamente. De volta à cama, ela e o marido se deram conta de que o barulho era de uma hóspede tendo um orgasmo interminável, os gritos ecoavam pelas paredes do pátio interno chegando a todos os quartos com as janelas abertas. Ela então se masturbou ao lado do marido que tinha voltado a dormir
em Pamplona, onde passaram três dias durante as festas de São Firmino, ela dormia uma tarde sozinha na cama e se sentiu como quando tinha dezoito anos em seu quarto na residência de moças, o mesmo corpo e a mesma solidão, o mesmo desânimo para fazer as coisas. Da cama, ficou ouvindo a música que vinha da cidade e não parava de tocar, em meio aos bonecos e cabeças gigantes que percorriam as ruas e que nunca paravam. Era a mesma e antiga sensação de não fazer parte da festa.

Durante este verão de 1980, os anos de sua juventude parecem um espaço sem fim, cheio de luz, em que ela ocupa todos os pontos. Com o olhar de agora pode ter uma visão ampla de tudo, mas não distingue nada preciso. Que este mundo esteja atrás dela é algo que a deixa estupefata. Pela primeira vez neste ano, aprendeu o sentido da frase *vive-se apenas uma vez*. Talvez ela já se identifique com a senhora de *Cria corvos* — filme que a deixou transtornada num verão distante, extremamente seco e irreal de calor —, aquela senhora paralisada, muda, contemplando, incansável, fotos presas à parede, o rosto coberto de lágrimas, enquanto tocam as mesmas canções repetidas vezes. Os filmes que ela deseja ver, que viu recentemente, vão formando nela linhas de ficção nas quais busca sua própria vida, *Wanda*, *Uma história simples*. Ela gostaria que eles traçassem um possível futuro.

Ela tem a sensação de que um livro está se escrevendo sozinho a partir dos rastros dela, apenas vivendo, mas é só uma sensação.

Sem nos darmos conta, a letargia tinha chegado ao fim.

As pessoas passavam a enxergar a sociedade e a política com o filtro do escárnio divertido do comediante Coluche. As crianças viam todos os programas dele que tinham sido "proibidos" e todo mundo repetia "este é novo, acaba de sair". A relação que ele tinha com a França estava em total sintonia com a nossa e fazia todo mundo "chorar de rir". Ficamos contentíssimos quando ele quis se candidatar a presidente, mesmo não levando a sério a ideia de votar nele, que seria uma espécie de sacrifício do sufrágio universal. Recebemos, felizes, a notícia de que o arrogante Giscard d'Estaing tinha recebido diamantes de um chefe de Estado africano suspeito de esconder os cadáveres de seus inimigos no congelador de casa. Por uma inversão cuja origem tinha se perdido, já não era D'Estaing que representava a verdade, o progresso e a juventude, mas, sim, Mitterrand, que era a favor das rádios livres, de um reembolso para quem fizesse um aborto, da aposentadoria aos sessenta anos, das 39 horas de trabalho, da abolição da pena de morte etc. Ao seu redor pairava agora uma aura soberana que ganhava força com o retrato que circulava dele em uma cidadezinha com uma torre de igreja ao fundo, imagem que trazia uma verdade enraizada em antigas memórias.

Ficávamos calados por superstição. Confessar que acreditávamos de verdade na chegada da esquerda ao poder podia dar azar. O slogan "eleições, armadilha para idiotas" pertencia ao passado.

Mesmo vendo surgir na tela da tevê o estranho rosto pontilhado de François Mitterrand, ainda não acreditávamos. Então, percebemos que toda nossa vida adulta tinha passado sob governos que não nos diziam nada, 23 anos que pareciam, com exceção de um mês de maio, uma torrente sem esperança, cujos momentos de felicidade não vinham da política. Havia um sentimento de rancor que era como se alguma coisa tivesse sido roubada de nossa juventude. Depois de todo este tempo, em uma noite nebulosa de um domingo de maio que apagava o fracasso do outro, nos reconciliávamos com a História, ao lado de um grupo enorme de pessoas, jovens, mulheres, operários, professores, artistas e homossexuais, enfermeiras, carteiros, e tínhamos vontade de escrevê-la outra vez. Muitos momentos poderiam ter dado certo, 1936, a Frente Popular dos pais, a Libertação, 1968. Precisávamos de lirismo e de emoção, da rosa e do Panteão, de Jean Jaurès e de Jean Moulin, das canções "Les corons" e "Temps des cerises", de Pierre Bachelet. Aquelas palavras vibravam e pareciam sinceras porque não se ouvia nenhuma delas havia muito tempo. Era necessário ocupar o passado outra vez, retomar a Bastilha, se embebedar de símbolos e de nostalgia antes de enfrentar o futuro. As lágrimas de alegria de Mendès France ao abraçar Mitterrand eram nossas. Foi engraçado ver os mais ricos assustados fugindo para a Suíça para esconder seu dinheiro, e foi preciso tranquilizar as secretárias que estavam persuadidas de que seu apartamento seria estatizado. O atentado contra João Paulo II, baleado por um turco, foi inoportuno e seria esquecido.

Tudo parecia possível. Tudo era novidade. Víamos com curiosidade os quatro ministros comunistas, como se fossem espécies exóticas, que nos deixavam perplexos por não terem o ar soviético e falarem sem o sotaque de Georges Marchais ou de André Lajoinie. Era comovente ver deputados de cachimbo e barba como os estudantes dos anos 1960. O clima das coisas estava mais leve, a vida, mais jovem. Algumas palavras voltavam à moda (burguesia, classe social) e a linguagem se libertava. Nas férias, na estrada, ouvindo as fitas cassete do Iron Maiden e as aventuras de David Grosexe no programa *Carbono 14*, tínhamos a sensação de que diante de nós se abria um novo tempo.

Por mais longe que se voltasse no passado, não dava para encontrar um momento com tantas coisas transformadas em tão poucos meses (algo que logo seria esquecido, não sendo mais concebível voltar à situação anterior). A pena de morte foi abolida, fixou-se o reembolso pela Interrupção Voluntária da Gravidez, os imigrantes clandestinos tiveram sua situação regularizada, a homossexualidade foi autorizada, os feriados se alongaram para uma semana, a semana de trabalho foi reduzida em uma hora etc. Mas a tranquilidade estava abalada. O governo solicitava dinheiro, nós emprestávamos, ele desvalorizava o dinheiro, impedia os francos de saírem do país para estabilizar a moeda. O clima das coisas estava ficando duro, o discurso — "rigor" e "austeridade" — ficava punitivo, como se ter mais tempo, dinheiro e direitos fosse algo ilegítimo, e já estivesse na hora de voltar a uma ordem natural imposta pelos economistas. Mitterrand não falava mais das "pessoas de esquerda". As pessoas também já não gostavam mais tanto dele. Ele não era uma Thatcher, que tinha deixado Bobby Sands morrer e tinha mandado soldados para serem mortos nas Malvinas, mas dia 10 de maio se tornou uma lembrança incômoda, quase ridícula. As nacionalizações, os aumentos de salário, a redução do tempo de trabalho, tudo o que tínhamos achado que fora feito pela justiça e pelo advento de outra sociedade nos parecia agora apenas uma grande festa de comemoração da Frente Popular, de culto aos ideais escondidos em que talvez nem mesmo os adeptos acreditassem. A mudança esperada não ocorreu. Outra vez, o Estado se afastava de nós.

Ele se aproximava da mídia. Os homens políticos eram produzidos pela tevê, em encenações que se tornavam solenes ou trágicas de acordo com a música. Eles fingiam que estavam se submetendo a interrogatórios e dizendo a verdade. Ao ouvir cada um citando números sem hesitar, nunca ficando desconfortáveis por coisa alguma, desconfiávamos de que eles já soubessem as perguntas por antecedência. Como nas redações escolares, era preciso "convencer". A cada semana, um deles ia à tevê, Boa-noite, Madame Georgina Dufoix, boa-noite, Monsieur Pasqua, boa-noite Monsieur Brice Lalonde. Depois, tudo era esquecido, com exceção de uma "frasezinha" a que ninguém teria dado atenção se não fossem os jornalistas atentos que a pinçavam do contexto e colocavam triunfalmente em circulação.

Os fatos, as realidades material e imaterial, chegavam em números e porcentagens, os desempregados, as vendas de carros e livros, as probabilidades de câncer e de morte, as opiniões "favoráveis" e "desfavoráveis". *Cinquenta e cinco por cento dos franceses acham que há árabes demais, trinta por cento têm um gravador. Dois milhões de desempregados*. Os números não representavam nada além da fatalidade e do determinismo.

Não saberíamos datar quando foi que a Crise, elemento obscuro e disforme, se tornou a origem e a explicação do mundo, a certeza do mal absoluto. Mas ela estava lá quando

Yves Montand, usando terno, apoiado pelo *Libération* — que definitivamente já não era o jornal de Sartre — nos explicou que a cura milagrosa para a Crise estava no Mercado, cuja beleza escatológica se concretizaria mais tarde na imagem e voz de Catherine Deneuve, a serviço do Banque de Suez, elogiando a abertura ao capital privado. Enquanto isso, as enormes e suntuosas portas que serviriam para a entrada do dinheiro iam se afastando lentamente, ao contrário das portas de *O processo*, de Kafka.

O mercado seria a lei natural, a modernidade, a inteligência, ele salvaria o mundo (ninguém conseguia entender então por que as fábricas demitiam e fechavam). Nada se podia esperar das "ideologias" e dos discursos retóricos. A "luta de classes", o "engajamento", a oposição "capital e trabalho" suscitavam sorrisos de comiseração. Por não serem mais utilizadas, as palavras pareciam desprovidas de sentido. Chegavam outras que se impunham e serviam para avaliar as pessoas e as ações de cada um, "performance", "desafio", "lucro". "Sucesso" alcançava o posto de palavra com valor transcendente, definindo a "França que ganha bem", de Paul-Loup Sulitzer a Philippe de Villiers, e coroando um indivíduo "de bem", Bernard Tapie. Era o tempo dos discursos eloquentes.

Não se acreditava neles. Na frente da plataforma da estação de trem em Nanterre, ao lado da universidade, as letras garrafais da Agência Nacional de Emprego no prédio de cimento cinza nos aterrorizavam. Havia tantos homens, e agora mulheres, vagando ao redor daquele prédio que chegávamos a dizer que era uma nova profissão. Com o advento do cartão de crédito, a Carte Bleue, o dinheiro se tornava invisível.

Na falta da esperança, recomendava-se "libertar o coração" com bandeiras, passeatas, shows e discos contra a fome, o racismo, a pobreza, e em defesa da paz no mundo, do movimento social Solidarnosc, dos restaurantes *du Coeur*,* da libertação de Mandela e do jornalista Jean-Paul Kauffmann.

Os subúrbios ocupavam o imaginário sob a forma confusa de blocos de cimento e de terrenos lamacentos ao final de linhas de ônibus e trens que iam para o norte, do vão das escadas com cheiro de urina, dos vidros das janelas quebrados e dos elevadores fora de serviço, das seringas nos porões. Os "jovens do subúrbio" formavam uma categoria à parte dos outros jovens (rotulada de não civilizada, vagamente perigosa, bem pouco francesa, mesmo tendo nascido ali), e que seria "combatida" bravamente em território francês pelos admiráveis professores, policiais e bombeiros. O "diálogo entre culturas" se resumia a uma apropriação da fala deles, a imitar o sotaque e usar as gírias que eram feitas invertendo as palavras e sílabas como eles faziam, dizendo *meuf* para *femme* (mulher), *tarpé* para *pétard* (maconha). Eles receberam um nome coletivo que designava ao mesmo tempo a origem, a cor de pele e o modo de falar: os *beurs*. Alguém sempre ridicularizava o francês que eles falavam, atribuindo-lhes a frase: "eu falo *frança*". Eles eram muitos, ninguém os conhecia.

Reaparecia um tipo de extrema direita, Jean-Marie Le Pen, que nos lembrávamos de um dia já ter visto usando um tapa-olho como Moshe Dayan.

* Instituição de caridade francesa fundada em 1985 pelo comediante Coluche para a distribuição de alimentos aos necessitados. (N. E.)

Na periferia das cidades, gigantescas feiras livres aos domingos ofereciam milhares de sapatos, ferramentas e móveis. Os hipermercados cresciam, os carrinhos de compras eram substituídos por outros ainda maiores, cujo fundo só dava para alcançar se pendurando. Trocávamos a televisão por outra com uma entrada que pudesse se conectar ao videocassete e ao som. A chegada da novidade deixava as pessoas calmas, e a certeza de um progresso contínuo suprimia o desejo de imaginar o futuro. Elas recebiam os objetos sem deslumbre nem angústia, como um acréscimo de liberdade individual e de prazer. Com a chegada dos CDs não era mais preciso se levantar a cada quinze minutos para trocar o lado do disco, o controle remoto dava a possibilidade de ficar sentado no sofá a noite inteira sem ter de levantar. Os videocassetes realizavam o grande sonho de ter o cinema em casa. Na tela do Minitel, consultávamos a lista telefônica, os horários do trem, o horóscopo e os sites eróticos. Finalmente era possível fazer tudo em casa sem pedir nada a ninguém e assistir, em close, ao sexo e ao esperma, no conforto do lar, sem ficar constrangido. Já não havia nenhum espanto. Ninguém se lembrava de que um dia fora inimaginável poder ver algo assim. Agora, víamos. E, então, nada. Tínhamos apenas a satisfação de poder acessar impunemente os prazeres antes proibidos.

Com a criação do walkman, pela primeira vez a música penetrava o corpo e nós podíamos viver nela se escondendo do mundo.

Os jovens tinham bom senso e, na essência, pensavam como nós. Na escola, não eram bagunceiros, não contestavam as matérias, nem as regras ou a autoridade, e aceitavam ficar entediados durante as aulas. Do lado de fora, viviam suas vidas. Jogavam

Playstation, Atari, RPG, ficavam animados com a chegada dos microcomputadores e pediam aos pais sua primeira versão, o Oric 1. Assistiam aos programas de tevê *Les enfants du rock*, *Les Nuls*, *Bonsoir les clips*, liam Stephen King e, para nos agradar, a revista *Phosphore*. Ouviam funk e *hard rock* ou *rockabilly*. Viviam no mundo da música, entre seus discos e o walkman. Divertiam-se nas festas, com certeza fumavam maconha. Estudavam. Falavam pouco sobre o futuro. Abriam a geladeira e os armários em qualquer horário e sempre à vontade em busca de Danette, macarrão instantâneo Bolino e Nutella, dormiam com a namorada na casa dos pais. Mal tinham tempo para fazer tudo o que queriam, esporte, pintura, cineclube e as viagens com a escola. Não recusavam nada de nós. Para se referir a eles, os jornalistas diziam "a geração *tanto faz*".

Meninas e meninos conviviam desde o maternal, cresciam juntos e tranquilos em uma espécie de inocência e igualdade. Os dois usavam a mesma linguagem rude e grosseira, se xingavam de "filhos da mãe" e mandavam à merda. As pessoas achavam que eles eram "autênticos" e "espontâneos" com relação às coisas que tinham nos torturado naquela idade: o sexo, os professores e os pais. Quando precisávamos fazer perguntas a eles, éramos excessivamente cautelosos por medo de nos acusarem de estarmos chateando. Dávamos a eles a liberdade que gostaríamos de ter tido, sem deixar de exercer, sobre o comportamento que tinham e seus silêncios, a vigilância discreta que deve ser transmitida de mãe para filha. Víamos com espanto e satisfação a autonomia e a independência que tinham: como algo conquistado na história das gerações.

Os filhos nos serviam de exemplo quando o assunto era a tolerância, o antirracismo, o pacifismo e a ecologia. Não se interessavam por política, mas usavam as palavras de ordem generosas, como o slogan para a campanha antirracismo criado por eles, *touche pas à mon pote* [não encosta no meu amigo]. Compravam o disco contra a fome na Etiópia, iam à passeata em defesa dos *beurs*. Eles mostravam se preocupar com o "direito à diferença". Tinham uma visão moral do mundo. Nós gostávamos deles.

Nos encontros de família, as referências ao passado se tornavam rarefeitas. Não havia interesse por parte dos jovens em desenterrar as grandes histórias da época da nossa infância, e nós tínhamos tanto horror quanto eles às guerras e ao ódio entre os povos. Já ninguém falava da Argélia, do Chile ou do Vietnã, nem de Maio de 68 nem da luta pelo aborto livre. Nós éramos contemporâneos de nossos filhos.

O tempo de antes se retirava das mesas familiares, escapava do corpo e das vozes das testemunhas. Ele ocupava agora o espaço da televisão, estava nos documentos e arquivos comentados por uma voz vinda de lugar nenhum. O "dever da memória" tinha virado uma obrigação cívica, o sinal de uma consciência justa, um novo patriotismo. Depois de quarenta anos aceitando a indiferença com o genocídio dos judeus — não dava para dizer que o filme *Noite e neblina* tenha comovido, e nem os livros de Primo Levi e Robert Antelme —, finalmente sentíamos vergonha do que tinha acontecido. Porém, era uma vergonha atrasada. Foi somente depois de ver o *Shoah* que nossa consciência pôde entender, horrorizada, a extensão que o inumano podia alcançar.

A genealogia começou a despertar o interesse das pessoas. Elas iam até as prefeituras de suas cidades natais em busca de certidões de nascimento e óbito e ficavam fascinadas e decepcionadas diante dos arquivos mudos onde só apareciam nomes, datas e profissões: Jacques-Napoléon Thuillier, nascido em 3 de julho de 1807, jornaleiro, Florestine-Pélagie Chevalier, tecelã. Nos apegávamos a objetos e fotos de família, inconformados por termos perdido este tipo de preciosidades nos anos 1970 sem ligar a mínima, ao passo que hoje elas nos faziam tanta falta. Havia uma necessidade de "voltar às origens". De todos os lados, proliferava uma exigência de encontrar as "raízes".

A identidade, que até aqui só significava um documento com foto na carteira, tornava-se uma preocupação preponderante. Ninguém sabia exatamente o motivo para isso. De todo modo, era alguma coisa que precisávamos possuir, encontrar, conquistar, afirmar, exprimir. Um bem precioso e supremo.

No resto do mundo, algumas mulheres se escondiam da cabeça aos pés.

O corpo seguia seu caminho rumo à assunção: era preciso "manter a forma" com corrida, ginástica tonificante, exercícios aeróbicos, água Évian, iogurtes e pureza interior. Era o corpo que pensava em nós. A sexualidade deveria "desabrochar". Líamos *Le Traité des caresses*, do dr. Leleu, para aperfeiçoar essa busca. As mulheres voltavam a usar meias e espartilhos dizendo que faziam isso para "si mesmas". A expressão "se dar prazer" era cada dia mais comum.

Os casais quarentões viam os filmes para adultos no Canal +. Diante dos closes de paus incansáveis e vulvas depiladas, eram tomados por uma espécie de desejo técnico, uma chama branda, sem relação com o fogo que, outrora, arrebatava os dois a ponto de não conseguirem sequer tirar os sapatos a tempo. No momento de ter um orgasmo, diziam "estou gozando", como os atores. E dormiam satisfeitos por se sentirem normais.

A esperança e a expectativa se deslocavam das coisas para os cuidados com o corpo, com a busca de uma juventude inalterável. A saúde era um direito, a doença, uma injustiça a ser reparada energicamente.

As crianças não tinham mais vermes e quase nunca morriam. Eram frequentes os bebês de proveta. Os corações e rins já cansados de pessoas vivas eram substituídos por outros, de pessoas mortas.

A merda e a morte deveriam ser invisíveis.

Todos preferiam não falar das doenças novas sem cura. Como aquela de nome alemão, Alzheimer, que atordoava os idosos e fazia com que eles esquecessem nomes e rostos. E aquela outra, que se pegava por meio da sodomia e de seringas, considerada uma punição para os homossexuais e drogados, ou somente azar, no caso de quem tinha sido contaminado por transfusão.

A religião católica tinha desaparecido do cotidiano das pessoas sem grandes alardes. As famílias já não transmitiam seus ensinamentos nem seu uso. Fora de alguns rituais, ninguém mais precisava dela como sinal de respeitabilidade. Como se ela tivesse sido gasta por milhares de preces, missas e procissões durantes dois milênios. O pecado venial e mortal, os mandamentos de Deus e da Igreja, a graça e as virtudes teológicas — tudo isso realçava um vocabulário ininteligível e a lógica de um pensamento acabado. Diante da liberdade sexual, a luxúria estava ultrapassada bem como as histórias devassas das freiras santas e do padre de Camaret. A igreja não assombrava mais o imaginário dos adolescentes púberes, não regulava mais as experiências sexuais, e o ventre feminino tinha se libertado de seu domínio. Ao perder espaço em seu principal campo de ação — o sexo —, ela tinha perdido tudo. Fora das aulas de filosofia, a ideia da existência de Deus não valia mais nada, nem era séria o bastante para ser debatida. Na carteira da escola, um aluno escreveu *Deus existe, andei dentro dele.*

Mesmo que o novo papa polonês fosse famoso, não alterava em nada a situação da Igreja. Ele era um herói político da liberdade ocidental, um Lech Walesa em escala mundial. O sotaque dele do Leste Europeu, a bata branca, a frase que sempre repetia, "não tenham medo", e o gesto de beijar o chão ao descer do avião faziam parte do espetáculo, assim como a Madonna jogava calcinhas para a plateia em seus shows.

(Os pais de alunos das escolas religiosas tinham desfilado em massa num domingo quente de março, mas todo mundo sabia que Deus não tinha nada a ver com isso. Não se tratava de fé religiosa, mas profana, da certeza de que estavam dando aos filhos o melhor de uma vida bem-sucedida.)

É uma fita VHS de meia hora gravada em uma aula do primeiro ano secundário de uma escola em Vitry-sur-Seine, em fevereiro de 1985. Ela é a mulher que está sentada em uma mesa do tipo que era usada em todos os estabelecimentos escolares desde os anos 1960. À sua frente, estão os alunos em cadeiras desordenadas. A maioria são moças, há muitas africanas, antilhanas e magrebinas. Algumas estão maquiadas, vestem pulôveres decotados, anéis de cigana. A mulher está falando, com uma voz levemente aguda, sobre a escrita, a vida e a condição feminina, e sua fala é pontuada por hesitações, cortes e retomadas, sobretudo quando alguém faz uma pergunta. Parece sentir uma necessidade transbordante de dar conta de tudo, como se fosse tomada por um desejo de totalidade que só ela percebe. Em seguida, profere uma frase banal. Movimenta muito as mãos, que são grandes, e com frequência mexe nos cabelos ruivos, mas não se notam o nervosismo nem os gestos atrapalhados daquele filme amador em Super 8 de treze anos antes. Em relação à foto na Espanha, agora o rosto está mais fino e nitidamente oval, com maxilares mais marcados. De vez em quando ela ri, é um risinho leve, marca de timidez ou resquício incontrolável de uma adolescência brincalhona, de uma atitude de jovem estudante que admite sua insignificância. Essa postura contrasta com a calma e a gravidade do seu rosto em repouso. Usa pouca maquiagem, sem pó (a pele está brilhando), uma echarpe vermelha caindo em cima do decote de uma camisa verde-clara. A parte de baixo do corpo está escondida por trás da mesa. Não usa joias. Alguém pergunta:

Quando você tinha a nossa idade, como imaginava que seria sua vida? O que você esperava que fosse acontecer?

A resposta (dita lentamente): Precisaria pensar... para voltar aos dezesseis anos e ter certeza... precisaria de pelo menos uma hora. (A voz é, ao mesmo tempo, aguda e impaciente.) Vocês vivem em 1985, as mulheres hoje em dia podem escolher ter filhos se quiserem e quando quiserem, até fora do casamento, há vinte anos, era impossível!

Sem sombra de dúvida, esta "situação de comunicação" a desencoraja, pois percebe a própria incapacidade para usar outras formas de dizer que não sejam as palavras do dia a dia e os estereótipos para transmitir a extensão do que foi sua experiência como mulher, entre os 16 e os 44 anos. (Precisaria de um novo mergulho, deter-se por bastante tempo nas imagens dela nas aulas do primeiro ano, reencontrar as músicas e os cadernos, reler os diários.)

Neste momento da vida, ela está divorciada, vive sozinha com os dois filhos e tem um amante. Precisou vender a casa que tinha comprado nove anos antes junto com os móveis e fez isso com uma indiferença que a surpreende. Ela vive num estado de desapego material e liberdade. Como se o casamento tivesse sido apenas um entreato, tem a impressão de ter retomado sua adolescência exatamente no ponto onde a deixou, reencontrando a mesma expectativa, o mesmo modo esbaforido de correr para os encontros de salto alto, de se sensibilizar com as canções de amor. Tem os mesmos desejos, mas sem a vergonha de satisfazê-los completamente. Agora é capaz de dizer a si mesma, "quero transar". A "revolução sexual" e a reviravolta já antiga dos valores de antes de 1968 se realizam na aceitação imperiosa de seu próprio corpo. Ela está bastante consciente também do esplendor frágil de sua idade. Sente medo de envelhecer e da falta que um dia sentirá do cheiro do sangue que deixará de vir. Nos últimos tempos, recebeu uma carta oficial dizendo que a nomeação para o seu cargo era válida até o ano 2000 e ela ficou em estado de choque. Até aqui, aquela data não tinha nenhum efeito real.

Normalmente não pensa nos filhos, não mais do que pensava nos pais quando era criança ou adolescente. Eles fazem parte da vida. Como agora ela não é mais esposa e, por isso, não é mais a mesma mãe — talvez seja uma mistura de irmã, amiga, monitora, organizadora de uma rotina mais leve depois da separação —, cada um come quando quer, muitas vezes com o prato no colo diante da tevê. Com frequência, ela se espanta olhando para eles. Assim, a expectativa de acompanhar o crescimento dos dois, o mingau de cereal com mel, o primeiro dia na escola, logo a faculdade, desembocou nesses rapazes sobre os quais ela não sabe muita coisa. Sem os dois, não conseguiria se situar no tempo. Ao ver criancinhas brincando na areia em uma praça, surpreende-se pensando na infância dos próprios filhos como algo tão distante.

Agora, os momentos importantes de sua existência são os encontros vespertinos com o amante num quarto de hotel na Rue Danielle-Casanova e as visitas à mãe no hospital, em estadias longas. Para ela, os dois estão conectados com tanta força que, às vezes, parecem constituir um único ser. Como se tocar na pele e nos cabelos da mãe debilitada fossem gestos da mesma natureza erótica que tem com o amante. Depois de fazer amor, ela cochila enlaçada ao enorme corpo dele, com o barulho dos carros ao fundo e se lembrando de outras vezes em que ficou deitada assim durante o dia: um domingo em Yvetot quando criança, uma vez lendo apoiada nas costas da mãe, na época em que trabalhou como babá na Inglaterra, enrolada num cobertor ao lado de um aquecedor elétrico, no hotel Maisonnave em Pamplona. Em cada situação dessas, teve que sair desse estado de torpor, se levantar, cumprir as tarefas, descer para a rua, trabalhar, existir socialmente. Nestes momentos, percebe que sua vida poderia ser representada como dois eixos que se cruzam, um horizontal, contendo tudo o que aconteceu, as coisas que viu e ouviu em todos os instantes. Outro eixo, vertical, teria apenas algumas imagens, mergulhando na noite.

Ao reencontrar sua solidão e descobrir pensamentos e sensações que a vida a dois acabou eclipsando, ela teve a ideia de escrever "uma espécie de destino feminino", que se passasse entre 1940 e 1985. Seria algo no estilo de *Uma vida,* de Maupassant, que mostrasse a passagem do tempo em seu interior e fora, na História. Um "romance total" que terminaria num gesto de se desfazer de tudo e de todos, pais, marido, filhos que saem de casa, móveis vendidos. Ela tem medo de se perder em meio à profusão dos objetos que compõem a realidade a ser apreendida. De que maneira organizar essa memória com tanto acúmulo de acontecimentos e faits divers, de milhares de dias que a conduzem até hoje?

De lá para cá, a única imagem que restou do dia 8 de maio de 1981 foi a de uma mulher já mais velha passeando lentamente com o cachorro por uma rua deserta, enquanto anunciavam, em todos os canais de tevê e rádio, o nome do próximo presidente da República, François Mitterrand — e a imagem de Rocard discursando surgia na tela. Todos se dirigiram imediatamente para a Bastilha.

E tudo o que se lembra do passado recente:
a morte de Michel Foucault, segundo o *Le Monde* de uma septicemia, no final de junho, antes ou depois da enorme passeata das escolas particulares, cheia de saias plissadas e corpetes brancos — e a morte, dois anos antes, de Romy Schneider, tão linda no filme *As coisas da vida*, vista por ela pela primeira vez em *Os jovens anos de uma rainha*, mas só em parte, pois um pedaço da tela tinha ficado coberta pela cabeça do rapaz que a beijava. Os dois estavam na última fileira do cinema que, tradicionalmente, servia para isso
as estradas bloqueadas por caminhoneiros, na véspera das férias de fevereiro
os metalúrgicos — que ela associava aos operários de Lip — queimando pneus nas linhas férreas enquanto ela lia *As palavras e as coisas* no trem expresso que ficou parado.

Com as eleições se aproximando, havia um sentimento de que nada poderia impedir a volta da direita. A fatalidade apontada pelas pesquisas se cumpriria e esta situação inédita, em que o chefe de Estado diverge politicamente do seu governo, se produziria inevitavelmente, como um desejo secreto provocado pela imprensa. O governo de esquerda parecia agir mal em todas as circunstâncias, desde as medidas para ajudar os jovens a conseguirem emprego, como os TUC,* passando pela cena com o elegante Fabius calado na tevê diante de Chirac, ou o Palácio do

* Trabalhos de Utilidade Coletiva: empregos de meio período, mais próximos de estágios, com duração máxima de seis meses, em instituições públicas. Com remuneração inferior à metade do salário mínimo, os TUC não incluíam nenhum benefício social e não ofereciam oportunidade de progressão na carreira. (N. E.)

Élysée recebendo Jaruzelski, com óculos escuros de mafioso, até a sabotagem do navio *Rainbow Warrior.* Até mesmo a captura de reféns no Líbano, num conflito sobre o qual nada entendíamos, caía muito mal. Sermos lembrados todas as noites de que Jean-Paul Kauffmann, Marcel Carton e Marcel Fontaine ainda eram reféns era angustiante, *o que será que dava para fazer*. Cada um se irritava ou se consternava, dependendo de onde estivesse. Até os invernos mais frios do que o normal, com neve em Paris e 25 graus negativos em Nièvre, não eram um bom presságio. Ao nosso redor aumentavam os casos de gente que morria de Aids em silêncio e dos sobreviventes consumidos pela doença. O cenário era desolador. Todas as noites, Pierre Desproges encerrava seu programa *Chronique de la haine ordinaire* dizendo: "Quanto ao mês de março, digo, sem segundas intenções políticas, que me espantaria se ele passasse deste inverno" — e ficava claro, para nós, que era a esquerda que não passaria deste inverno.

A direita estava de volta, determinada a desfazer o que o governo anterior fizera. Desestatizava, acabava com a necessidade de uma autorização oficial de rescisão e com o imposto sobre grandes fortunas. As medidas tomadas não deixavam muita gente feliz. Voltávamos a gostar de Mitterrand.

Simone de Beauvoir morreu, e também Jean Genet, definitivamente ninguém estava satisfeito com aquele mês de abril, além do mais, ainda nevava na Île-de-France. O mês de maio também não foi nada bom, embora a central nuclear que explodiu na URSS não tenha nos perturbado. Uma catástrofe que os russos não conseguiram esconder e que, mesmo simpatizando com Gorbatchev, era preciso atribuir à sua inexperiência e à desumanidade do mesmo nível do gulag. Apesar de tudo, esse fato não nos dizia respeito. Ao sair das provas de conclusão do secundário, numa tarde de junho abafada, os alunos souberam que Coluche tinha se matado de moto em uma estrada tranquila.

As guerras continuavam acontecendo mundo afora. O interesse despertado por elas era inversamente proporcional à sua duração, e nosso distanciamento dependia principalmente da presença de ocidentais entre os protagonistas. Não dava para dizer quanto tempo fazia que os iranianos e iraquianos se matavam uns aos outros ou que os russos tentavam reprimir os afegãos. E ninguém sabia os motivos. Convencidos de que nem eles próprios sabiam, assinávamos, sem muita convicção, petições contra os conflitos cujas causas tinham sido esquecidas. Confundíamos as facções que lutavam no Líbano, xiitas e sunitas, além dos cristãos. Era incompreensível como os povos podiam se massacrar em nome da religião, evidência de que eles não eram desenvolvidos o bastante. A ideia da guerra tinha deixado de fazer parte do nosso mundo. Já não se viam rapazes fardados andando nas ruas. Servir no exército era uma obrigação da qual todos tentavam escapar. O antimilitarismo tinha perdido a razão de ser e a música do *Déserteur*, de Boris Vian, remetia a uma época extinta. Que bom seria se militares da ONU estivessem por todo o mundo para fazer reinar a paz eterna. Nós éramos civilizados, cada vez mais preocupados com a higiene e cuidados com o corpo, consumidores de produtos que eliminavam os próprios odores. Dizíamos, rindo: "Deus está morto, Marx está morto, e eu também não estou me sentindo muito bem". Ao menos, tínhamos senso de humor.

Houve alguns atos de terrorismo isolados, que causavam pouca comoção e cujos responsáveis evaporaram e sumiram pelo mundo, como Carlos. Certamente não nos lembraríamos do primeiro atentado de setembro, na volta às aulas, se outras bombas não tivessem explodido alguns dias depois, sempre em lugares públicos, sem nos dar tempo de sair do estado de choque e nem à televisão de esgotar o atentado anterior. Mais tarde, passaríamos a nos perguntar em qual momento começamos a achar que havia um inimigo invisível declarando guerra e, então, nos lembraríamos do atentado na Rue de Rennes, naquela quarta-feira tão quente, e dos telefonemas para a família e amigos para conferir se eles não estavam lá no momento em que uma bomba foi lançada de dentro de uma Mercedes, na frente da loja Tati, matando os pedestres. As pessoas continuavam andando de metrô e trem, mas o clima nos vagões estava pesado. Quando alguém se sentava, ficava sempre de olho nas mochilas "suspeitas" aos pés de outros passageiros, sobretudo daqueles que poderiam ser identificados com o grupo implicitamente considerado culpado pelos atentados, ou seja, os árabes. De repente, com a consciência de uma morte iminente, a violência e o tempo presente passavam a ser sentidos intensamente.

Todos estavam à espera de uma nova carnificina, certos de que o governo não tinha como evitá-la. Mas nada aconteceu. Com o tempo, deixamos de ter medo e de olhar debaixo dos assentos. As explosões tinham deixado de acontecer sem que soubéssemos o motivo para elas terem começado, de todo modo, ficamos tão aliviados que não nos preocupamos mais. Os atentados daquela "semana sangrenta" não viraram um grande acontecimento, já que não alteraram, de fato, a vida da maioria das pessoas. Impuseram apenas um modo de viver mais distanciado, com um sentimento de apreensão e fatalidade que desapareceu logo que o perigo se afastou. Ninguém sabia o nome dos mortos e feridos, reunidos em uma categoria anônima, "as vítimas da Rue de Rennes", afinal eles eram muitos e é ainda pior morrer no meio da rua quando estamos só de passagem. (Sabíamos, é claro, os nomes do presidente da Renault, Georges Besse, e do general Audran, assassinados por um grupelho chamado Ação Direta que, a nosso ver, tinha se confundido de época e estava perseguindo os rastros das Brigadas Vermelhas e do Grupo Baader-Meinhof.)

Por se tratar de uma experiência já vivida por nós, achamos que foi um grande acontecimento quando os estudantes e secundaristas foram às ruas, dois meses depois, contra a lei Devaquet, que queria restringir o acesso às universidades públicas. Ninguém ousava mais esperar por esse dia e todos ficaram maravilhados: Maio de 68 em pleno inverno, uma lufada de juventude. Mas puseram nossa geração de volta ao seu lugar com cartazes que traziam os dizeres: *68 ficou pra trás, 86 eu quero mais*. Não dava para reclamar deles: eram comportados, não jogavam pedras em ninguém, davam entrevistas para a tevê com a maior tranquilidade e, nas manifestações, cantavam refrões que nos comoviam por usarem melodias de cantigas infantis, como "Petit Navire" e "Pirouette cacahouète" — só mesmo Pauwels e o *Le Figaro* para dizer que eles tinham uma "Aids mental". Pela primeira vez, nossos olhos enxergavam nessa realidade concreta e contundente a geração seguinte: as moças na linha de frente ao lado dos rapazes e dos *beurs*, todo mundo de calça jeans. O grande número reunido os transformava em adultos, *será que nós já estávamos tão velhos assim*. Um estudante de 22 anos, que nas fotos parecia uma criança, morreu espancado pela polícia na Rue Monsieur-le-Prince. Fomos a uma passeata que reuniu milhares de pessoas com cartazes que traziam o nome dele: Malik Oussekine. O governo voltou atrás e retirou a lei Devaquet, os estudantes voltaram para as universidades e escolas. Eles eram pragmáticos. Não desejavam transformar a sociedade, queriam apenas que ela fosse um lugar para se viver bem e sem muitas restrições.

E nós, que apesar de tudo sabíamos que um "emprego certo" e dinheiro não eram garantias de uma vida feliz, não podíamos evitar desejar para eles, para começo de conversa, esse tipo de felicidade.

As cidades se expandiam cada vez mais para o interior do país, que estava cheio de novas cidadezinhas cor-de-rosa, sem plantações de legumes nem galinheiros, onde eram proibidos vira-latas nas ruas. As paisagens estavam inundadas de estradas que formavam um emaranhado ao redor de Paris, uma espécie de oito quando visto de cima. As pessoas passavam cada vez mais horas dentro de carros silenciosos e confortáveis, com janelões, ouvindo música. Os automóveis constituíam uma casa transitória, cada vez mais pessoal e familiar, onde não se admitiam os desconhecidos — já não havia o hábito de dar caronas, situação em que as pessoas cantavam, lembravam de histórias, conversavam e faziam confidências com o olhar fixo no trânsito, sem se virar para o passageiro ao lado. Deste lugar ao mesmo tempo aberto e fechado, a existência dos outros, nos carros ao lado, se limitava a um perfil rápido, eram seres sem corpos cuja realidade brutal num acidente, sob a forma de fantoches desfigurados no assento, aterrorizava.

Quando dirigíamos por muito tempo mantendo a mesma velocidade, o automatismo dos gestos conhecidos dava a impressão de não sentirmos mais o corpo, como se o carro dirigisse sozinho. Os vales e as planícies deslizavam num movimento amplo e arredondado. Passávamos a ser apenas um olho dentro da cabine transparente seguindo até o fundo do horizonte, por trás do qual havia uma consciência imensa e frágil. Às vezes nos dávamos conta de que bastava um pneu estourado, um obstáculo como em *As coisas da vida*, para que nossa consciência desaparecesse para sempre.

O caráter cada vez mais urgente da imprensa nos obrigava a pensar nas eleições presidenciais, fazendo uma contagem regressiva dos meses e das semanas que faltavam. As pessoas preferiam assistir ao circo *Bébête Show*, na TF1, programa infame dos mais refinados, e *Nuls*, do Canal +, "grosseiro, porém nunca vulgar" segundo o critério de distinção usado, e sonhar com as próximas férias ouvindo "Voyage voyage", cantado pelo Desireless. O medo de fazer amor estava de volta com a chegada da Aids, que não era apenas uma doença de homossexuais e drogados como se achava no início. Entre o momento em que o medo de engravidar tinha acabado e aquele em que surgia o temor de se tornar soropositivo, o intervalo de tranquilidade tinha sido curto.

De todo modo, em relação a 1981, já não havia mais o mesmo entusiasmo, nem a esperança, apenas o desejo de manter Mitterrand em vez de ter Chirac. Ele era como um tio, transmitia certa segurança, um homem de centro, cercado por ministros burgueses, no qual as pessoas de direita não acreditavam mais. O Partido Comunista se enfraquecia, a perestroika e a glasnost tinham feito com que Gorbatchev envelhecesse de repente, ele tinha parado em Brejnev. Le Pen era um personagem "incontornável", que despertava o fascínio e o terror dos jornalistas. Para metade da população, ele era "aquele que dizia em voz alta o que os franceses pensavam em silêncio", isto é, que havia imigrantes demais.

A reeleição de Mitterrand nos trazia de volta a tranquilidade. Era melhor viver sem esperar grande coisa, mas sob um governo de esquerda, do que ficar o tempo todo impaciente com a direita. No fluxo irreversível dos dias, essa eleição presidencial não seria um momento marcante, apenas o pano de fundo para uma primavera em que saberíamos da morte de Pierre Desproges de câncer, e riríamos como há muito não acontecia com os Groseille e os Duquesnoy num filme que parecia ter sido feito para convencer as pessoas a votarem em Mitterrand. Seria difícil depois lembrar os acontecimentos paralelos, que chegavam em momento oportuno — a libertação dos reféns no Líbano, conflito interminável, o massacre dos Kanaks na gruta de Ouvéa —, assim como o debate televisivo no qual Chirac insistiu que Mitterrand olhasse nos seus olhos e dissesse que era verdade uma provável mentira. Na hora ficamos preocupados, mas logo aliviados ao ver que Mitterrand nem pestanejou, como costumava fazer.

Nada efetivamente aconteceu além de "arrumarem" a pobreza criando medidas como uma receita mínima (o RMI), e a promessa de pintar os vãos das escadas dos prédios — "arrumar" a vida de uma população numerosa demais para receber a denominação de excluídos. A caridade se institucionalizava. A mendicância saía das grandes cidades indo para as portas dos supermercados nas cidades de interior e às praias no verão. Ela inventava novas técnicas — ajoelhar-se com os braços em cruz, pedir uma moeda discretamente em voz baixa —, novos discursos se tornavam comuns mais rapidamente do que o saco plástico, que havia se transformado em um símbolo do abandono. Os "sem-teto" passaram a fazer parte do cenário da cidade, assim como as propagandas. As pessoas ficavam desanimadas, tem pobres demais, diziam, e se irritavam com a impotência diante de tudo, *como fazer para dar a todos*, pensavam apressando o passo nos corredores do metrô diante dos corpos deitados e imóveis, transformados em obstáculos no caminho. Na rádio estatal, os grupos industriais, como o de produtos farmacêuticos Rhône-Poulenc, mandavam mensagens celestes, *Bem-vindos ao mundo de Rhône-Poulenc, um mundo de desafios* — e todos se perguntavam a quem eles se dirigiam.

Olhávamos para o resto do mundo. O imã Khomeini condenava à morte um escritor de origem indiana, Salman Rushdie, julgado culpado apenas por ter ofendido Maomé em seu livro. A notícia percorreu o mundo inteiro e todos ficaram chocados. (O papa também condenava à morte ao proibir a camisinha, mas eram mortes anônimas e adiadas.) Por conseguinte, três moças que insistiam em frequentar a universidade com um pano na cabeça passaram a ser vistas como guardiãs do integralismo muçulmano, obscurantista e misógino, e isso nos trouxe, enfim, uma ocasião para refletir e sugerir que os árabes não eram imigrantes como outros quaisquer. As pessoas percebiam que estavam sendo muito boazinhas, Rocard já tinha tirado um peso enorme da consciência ao declarar que "a França não pode acolher toda a miséria do mundo".

As novidades chegavam do Leste. Palavras mágicas como perestroika e glasnost não deixavam de nos surpreender. O imaginário que tínhamos da URSS se transformava, o gulag e os tanques de guerra em Praga eram esquecidos, passávamos a identificar tudo o que se parecia com o mundo ocidental: a liberdade de imprensa, Freud, o rock e o jeans, determinado corte de cabelo e as roupas descoladas dos "novos russos" que estavam na moda. Estávamos em compasso de espera, mas à espera de que exatamente? De um tipo de fusão entre o comunismo e a democracia, o mercado e a planificação de Lênin, uma Revolução de Outubro cairia bem. Nosso entusiasmo era evidente ao ver os estudantes chineses com óculos redondos com aro de metal reunidos na praça da Paz Celestial. Chegamos a acreditar em tudo aquilo até o momento em que vieram os tanques de guerra (sempre eles) e um homem jovem entrou bem na frente deles, sozinho e minúsculo — imagem que veríamos centenas de vezes, como se fosse a derradeira e sublime cena de um filme. Ela aconteceu no mesmo domingo em que Michael Chang conquistou a final de Roland-Garros, fazendo com que confundíssemos o estudante da praça da Paz Celestial com o jogador de tênis (que, apesar de tudo, estava tenso, fazendo sinais da cruz).

Na noite de 14 de julho de 1989, depois de um dia nublado e quente, da poltrona de onde víamos o desfile cosmopolita de Jean-Paul Goude, narrado por Frédéric Mitterrand, tivemos a sensação de que tudo o que tinha acontecido em termos de revoltas e revoluções no mundo era nossa responsabilidade — do fim da escravidão, passando pelos estaleiros de Gdansk até a praça da Paz Celestial. Ao observar calmamente os povos do planeta, percebíamos que as lutas passadas, presentes e futuras, todas elas eram, para sempre, herdeiras da Revolução Francesa. No momento em que Jessye Norman entoou *A Marselhesa* com seu vestido azul, branco e vermelho, que balançava no vento artificial, fomos tomados por um sentimento antigo e escolar, uma retomada gloriosa da História.

Os alemães do Leste ultrapassavam as fronteiras, faziam procissões com velas perto das igrejas para derrubar Honecker. O Muro de Berlim desabava. Foi uma época em que tudo era veloz, com execuções de tiranos depois de uma hora de processo e ossários sendo exibidos com seus cadáveres sujos. As coisas que aconteciam iam muito além da capacidade imaginativa de qualquer um — afinal, tínhamos achado que o comunismo era imortal — e nossas emoções não conseguiam acompanhar a realidade. Não dava para alcançar tudo aquilo e sentíamos inveja da Alemanha Oriental. Depois, víamos as pessoas correndo desesperadas para as lojas de Berlim Ocidental e, então, nos invadia um sentimento de pena vendo-as com as sacolas cheias de banana, com roupas em estado calamitoso. Ficávamos comovidos diante da inexperiência como consumidores. Além do mais, o espetáculo da fome coletiva de bens materiais, sem contenção nem distinção, nos contrariava. Elas não estavam à altura da liberdade, pura e abstrata, que tínhamos projetado. Nossa angústia em relação aos povos que viviam "sob o jugo comunista" se transformava em reprovação ao uso que eles faziam da sua liberdade. Simpatizávamos mais com eles quando formavam filas para pegar salsichas e livros, e estavam privados de tudo, pois, assim, podíamos saborear a felicidade e superioridade de pertencer ao "mundo livre".

No lugar da indiferenciação nebulosa daquele mundo "por trás da cortina de ferro" passava a haver nações específicas. A Alemanha dividida — sobre a qual Mauriac dizia eu amo tanto que fico feliz de haver duas — foi reunificada. Havia no ar um rumor de podridão política. Anunciava-se o advento de uma "nova ordem mundial". O fim da história se aproximava, a democracia avançava por todo o planeta. Na marcha do mundo, nunca a crença no novo tinha sido tão convincente. Em meio a uma onda de calor, o ritmo entorpecido das férias foi abalado. Nas manchetes dos jornais, a chamada em letras garrafais: "Saddam Hussein invade o Kuwait", fazendo lembrar outra manchete na mesma data só que 51 anos antes e que vimos ser reproduzida inúmeras vezes, "Alemanha invade a Polônia". Em poucos dias, as potências ocidentais sob o comando dos Estados Unidos começaram os preparativos para a guerra. A França ostentava seu porta-aviões *Clemenceau* e considerava convocar soldados como nos tempos da guerra na Argélia. A terceira guerra mundial era certa se Saddam Hussein não saísse do Kuwait.

Havia um anseio pela guerra, como se as pessoas sentissem falta de um acontecimento bélico e invejassem os países e conflitos que acompanhavam apenas como espectadoras pela tevê. Havia um desejo de reatar com a tragédia de outros tempos. Graças ao presidente americano mais sem sal de todos, o "novo Hitler" seria combatido. Pacifistas foram enviados para Munique. Sob o feitiço da imprensa, que tinha a capacidade de simplificar as coisas, as pessoas estavam persuadidas da "delicadeza tecnológica" das bombas e acreditavam em uma "guerra limpa", em "armas inteligentes" e "ataques cirúrgicos". Ou, como descreveu o *Libération*, uma "guerra civilizada". Soprava um vento belicoso e virtuoso. "Dar cabo de Saddam Hussein" era algo considerado parte de uma guerra justa, uma "guerra de direito" e, embora não fosse dito explicitamente, era a ocasião legítima de acabar de uma vez por todas com este mundo árabe complicado que muitas vezes irritava com suas crianças que viviam nos subúrbios e as moças circulando por aí com véus. Por sorte, eles estavam tranquilos.

Nós, que tínhamos rompido com Mitterrand no dia em que ele apareceu na tela da tevê para dizer, com uma voz neutra: "As armas vão falar"; nós, que não suportávamos a propaganda entusiasta para a operação "Tempestade no Deserto", tínhamos apenas os programas *Les Guignols de l'info*, todas as noites, e *La Grosse Bertha*, a cada semana, para levantar nossa moral. Naquele janeiro nebuloso e frio, as ruas estavam desertas, os cinemas e teatros, vazios.

Saddam prometeu, para o desfecho da guerra, uma misteriosa "mãe de todas as batalhas", mas ela não acontecia. Os objetivos do conflito se tornavam cada vez mais obscuros. As bombas faziam milhares de mortos invisíveis em Bagdá. O clima hostil chegou ao fim vergonhosamente num domingo de fevereiro, com os soldados iraquianos perdidos no meio da areia do deserto tentando fugir. A confusão acabou sem acabar, o "diabo" Saddam Hussein ainda estava lá e o Iraque, sob embargo. Havia um clima humilhante e de mortificação por termos sido controlados e termos acompanhado com tanto afinco, por dias a fio, uma ficção forjada pela propaganda da CNN. Não queríamos mais ouvir falar da "nova ordem mundial".

A URSS já não ocupava nossos pensamentos quando, no verão, os noticiários anunciaram um golpe de Estado fracassado dado por baderneiros stalinistas decrépitos. Gorbatchev estava desacreditado e o caos anunciado, mas, depois, fora controlado em poucas horas graças a uma espécie de homem bronco com olhos pequeninos, surgido milagrosamente num tanque, aclamado como "herói da liberdade". O conflito foi prontamente resolvido, a URSS desaparecia e se tornava Federação Russa, com Boris Yeltsin como presidente. Leningrado voltou a se chamar São Petersburgo, melhor assim, a cidade já estava lá em Dostoiévski.

Mais do que nunca, as mulheres constituíam um grupo vigiado, cujos comportamentos, gostos e desejos eram tema central de um discurso frequente, de uma atenção inquieta e triunfante. Elas tinham a reputação de "conseguirem tudo", "estarem por toda parte" e "serem melhores na escola do que os meninos". Como sempre, as pessoas buscavam sinais de emancipação feminina no corpo e no grau de audácia empregado no sexo e nas roupas. Elas declaravam que "seduziam os caras", revelavam suas fantasias e se indagavam, na revista *Elle*, se eram "boas de cama". Isso tudo era uma prova da liberdade que tinham e da igualdade em relação aos homens. O excesso de peitos e pernas expostos nas propagandas deveria ser valorizado como se fosse uma homenagem à beleza. O feminismo era uma ideologia antiga, vingativa e sempre de mau humor, totalmente desnecessária para a vida das jovens, que a viam com condescendência e não duvidavam da própria força e da igualdade de gêneros. (Mas as mulheres ainda liam mais romances que os homens, como se tivessem a necessidade de dar uma forma imaginária à própria vida.) "Agradecemos aos homens por amarem as mulheres", dizia a chamada de um jornal dirigido ao público feminino. O esquecimento jogava por terra a luta das mulheres, única memória que não tinha sido relembrada oficialmente.

Com a pílula, elas tinham se tornado donas da própria vida, e isso não era divulgado.

Nós, que passamos por abortos em cozinhas, nos divorciamos e achamos que nossos esforços para nos libertar serviriam para outras mulheres — nós estávamos totalmente exaustas. Já não sabíamos se a revolução feminina tinha de fato acontecido. Continuávamos vendo o sangue descer depois dos cinquenta anos. Ele não tinha a mesma cor nem o mesmo cheiro de antes, era uma espécie de sangue ilusório, mas esta escansão regular do tempo, que podia ser mantida até a morte, nos dava segurança. Usávamos jeans, calças *legging* e camisetas como as moças de quinze anos, nos referíamos a um amante regular como "meu namorado". Conforme íamos envelhecendo, passamos a não ter mais idade. Ao escutar "Only You" ou "Capri c'est fini" na rádio Nostalgie, uma ternura juvenil nos invadia, o presente se alargava até os nossos *twenties*. Em relação às nossas mães, trancafiadas na menopausa e transpirando horrores, tínhamos a sensação de vitória.

(As jovens sonhavam em se amarrar a um homem, as de cinquenta que tinham um homem já não o queriam mais.)

Os filhos, sobretudo rapazes, demoravam muito para sair da casa dos pais, a geladeira sempre cheia, roupa lavada, o barulho de fundo das coisas da infância. Eles faziam amor na maior inocência no quarto ao lado do nosso. Viviam uma longa juventude, o mundo não esperava por eles. E enquanto os alimentávamos e nos preocupávamos com esses filhos, tínhamos a sensação de estar vivendo sempre no mesmo tempo, sem nenhuma ruptura.

É a foto de uma mulher tirada de frente, da cintura para cima, em um jardim cheio de arbustos. Os cabelos longos e louros, um pouco avermelhados, estão soltos por cima da gola de um casaco chique, preto, grosso e largo. O pedaço de uma echarpe cor-de-rosa bizarramente fina em relação ao tamanho do casaco está pendurado sobre o ombro esquerdo. Nos braços ela carrega um gato preto e branco da espécie mais comum de todas e sorri olhando para a câmera, a cabeça um pouco caída num gesto delicado e sedutor. Os lábios se destacam pelo tom rosado, sem dúvida o brilho foi acentuado para combinar com a echarpe. A linha que separa os cabelos está mais clara, indicando o crescimento das raízes. O rosto cheio, as bochechas altas contrastam, pelo aspecto jovial, com as bolsas debaixo dos olhos e as linhas marcadas na testa. Por ser largo demais, o casaco não permite determinar o corpo, mas mãos e pulsos que saem das mangas e carregam o gato são magros e as articulações, proeminentes. É uma foto de inverno, dá para perceber pela tênue luz do sol na pele do rosto e das mãos. Os arbustos estão secos e os galhos desfolhados sobre um fundo de vegetação com uma linha de prédios ao longe. No verso da foto, *Cergy, 3 de fevereiro de 1992*.

Ela transmite um ar de abandono controlado, de "plenitude", termo que as revistas femininas usam para as mulheres entre 40 e 55 anos. A foto foi tirada em um jardim debaixo da casa onde ela mora sozinha com o gato, na verdade uma gata, de um ano e meio. Dez anos antes, também viviam ali seu marido, dois adolescentes, e de vez em quando sua mãe. Ela era a peça central da família e cuidava de tudo, desde a iniciativa de lavar os lençóis até fazer as reservas de um hotel nas férias. O marido, agora está distante, casou-se outra vez e teve outro filho, a mãe morreu, seus filhos moram longe. Ela constata o vazio deixado por eles de modo sereno, como uma trajetória inelutável. Quando faz suas compras em Auchan, não precisa mais de um carrinho, basta uma cesta. Só reencontra sua função de mantenedora nas visitas feitas pelos filhos nos finais de semana. Fora das obrigações de trabalho, aulas e fotocópias, dedica o tempo que tem aos seus gostos pessoais e vontades: leituras, filmes, telefonemas, correspondência e aventuras amorosas. A constante preocupação material e moral dos outros, que caracterizava sua vida conjugal e familiar, afastou-se dela e foi substituída por um interesse, mais brando, pelas causas humanitárias. Nesta dissolução das obrigações anteriores e abertura para novas possibilidades, ela se sente em sintonia com o movimento da época, tal como é descrito nas revistas *Elle* ou *Marie Claire*, das mulheres das classes média e alta com seus trinta anos.

Às vezes ela se observa nua no espelho do banheiro, o torso fino, os seios pequenos, a cintura bastante marcada, a barriga levemente caída, as coxas pesadas com uma saliência em cima do joelho, o sexo bem visível agora que os pelos são escassos, uma fenda pequena se comparada com as fendas dos filmes para adultos. Duas estrias azuis perto da virilha, resquício das duas gravidezes. Ela se espanta: é o mesmo corpo desde que parou de crescer, por volta dos dezesseis anos.

Neste momento em que lança um olhar dócil para a câmera — um homem, sem dúvida, tira a foto —, pensa em si mesma como uma mulher que há três anos experimentou uma paixão intensa por um homem russo. O estado de desejo e dor desapareceu. Embora ainda sinta a força do que aconteceu, o rosto desse homem se torna cada vez mais distante e pesaroso. Ela gostaria de saber como era a lembrança que tinha dele na época em que ele foi embora da França, qual fluxo de imagens a ocupava transformando a presença dele dentro dela num santuário.

Da mãe, lembra-se dos olhos, das mãos, da silhueta, mas não da voz, a não ser de modo abstrato, sem textura. A voz verdadeira se perdeu, não ficou nenhum registro material. Mas, com frequência, vêm aos seus lábios espontaneamente as frases que a mãe dizia no mesmo contexto, expressões que ela não se lembra de ter usado antes, "o tempo escorre", "meu ouvido não é penico", "um de cada vez, como no confessionário" etc. É como se a mãe falasse através de sua boca e, por meio dela, toda uma linhagem de pessoas. Há outras vezes em que se lembra de frases que a mãe disse durante o Alzheimer, frases cuja incongruência revelava a transformação mental dela, "você poderia me trazer uns paninhos para limpar o bumbum". Num flash, lembra-se do corpo e da presença da mãe. Ao contrário das primeiras frases, de uso geral e repetido, as últimas são únicas, para sempre atributo de um único ser do mundo, sua mãe.

Quase nunca pensa no marido, porém traz guardada em si a marca da vida que tiveram em comum e dos gostos dele que ficaram nela, como Bach e a música sacra, o suco de laranja matinal etc. Quando as imagens dessa vida a tomam de assalto — como a de Annecy quando ela saiu agitada por lojas de bairros antigos em busca de alguma coisa para a ceia do réveillon, ela tinha 25 anos, era o primeiro Natal dos dois com filho —, nestas ocasiões, ela se pergunta "será que eu gostaria de ainda estar ali?". Sente vontade de dizer que não, mas sabe que a pergunta não faz o menor sentido, nenhuma pergunta relacionada às coisas do passado faz sentido.

Quando espera na caixa do supermercado, ela se lembra de todas as vezes em que esteve assim em uma fila, com o carrinho mais ou menos cheio de comida. Vê as silhuetas imprecisas de mulheres, sozinhas ou acompanhadas de seus filhos, que brincam ao redor do carrinho, mulheres sem rosto, diferentes apenas pelo penteado — um coque baixo, cabelos curtos ou mais longos, fio reto — e pelas roupas — o casaco largo dos anos 1970, outro preto três quartos dos anos 1980 —, como se fossem imagens de si própria, descoladas umas das outras, desencaixadas como bonecas russas. Ela se imagina neste mesmo lugar dali a dez ou quinze anos, com o carrinho cheio de guloseimas e brinquedos para os netos que ainda não nasceram. Esta mulher imaginada parece tão distante para ela hoje quanto parecia distante, para a moça de 25 anos, a mulher de quarenta que ela sequer podia imaginar que se tornaria um dia — e que já não era mais.

Nas noites de insônia, tenta lembrar os detalhes dos quartos em que dormiu, aquele que dividiu com os pais até os treze anos, o do alojamento universitário, o do apartamento em Annecy de frente para o cemitério. Toma como ponto de partida as portas dos quartos e percorre as paredes metodicamente. Os objetos que surgem estão sempre associados a um gesto ou um fato singular. No quarto da colônia de férias onde trabalhou como monitora, o espelho em cima da pia onde as monitoras escreveram, com a sua pasta de dente vermelha, "viva as putas", no quarto em Roma a lâmpada azul que dava um choque toda vez que ela a acendia. Nestes quartos, não via a si mesma com a nitidez de uma foto, mas de modo embaçado, como em uma tevê mal sintonizada, apenas a silhueta, um penteado, os movimentos, se debruçar na janela, lavar os cabelos, as posições, sentada em uma escrivaninha ou deitada em uma cama. Às vezes chegava a sentir que ocupava outra vez aquele corpo de antes, mas não como se estivesse sonhando, era mais como um "corpo de glória" da religião católica, que se espera ressuscitar depois da morte sem dor nem prazer nem frio nem calor ou vontade de urinar. Ela não tem ideia do que está buscando nesses inventários. Talvez, de tanto acumular memórias, possa voltar a ser quem era em um momento ou em outro.

Gostaria de reunir estas múltiplas imagens de si própria, isoladas e em desacordo, por um fio de narrativa, a narrativa de sua existência desde o nascimento, durante a Segunda Guerra Mundial, até hoje. Gostaria que fosse uma existência singular, mas entrelaçada ao movimento de uma geração. No momento de começar a escrita, sempre esbarra nos mesmos problemas: como representar, ao mesmo tempo, a passagem do tempo histórico (com coisas, ideias e costumes se transformando) e o espaço íntimo desta mulher? Como fazer coincidir um panorama de 45 anos e a busca de um *eu* fora da História, constituído de momentos suspensos, um *eu* que estava presente nos poemas que ela tentava escrever aos vinte anos (como "Solidão" etc.). A preocupação principal é escolher entre "eu" e "ela". No "eu", há muita permanência e alguma coisa apertada e sufocante. No "ela", muita exterioridade e distanciamento. A imagem que tem deste livro, no momento em que ele ainda não existe, a impressão que ele deveria deixar é a mesma que experimentou com a leitura de *E o vento levou*, aos doze anos, *Em busca do tempo perdido*, e, recentemente, *Vida e destino*. Uma espécie de fluxo de luz e sombra lançado sobre os rostos. Mas ainda não encontrou os meios para chegar ao seu objetivo. Ela está à espera, se não de uma revelação, ao menos de um sinal, que pode ser encontrado por acaso, como a madeleine mergulhada no chá de Marcel Proust.

Mais do que o livro e o futuro, será o próximo homem que a fará sonhar, comprar roupas novas e esperar — seja uma carta, um telefonema, ou uma mensagem na secretária eletrônica.

A agitação dos acontecimentos do mundo tinha dado uma trégua. O imponderável cansava. Alguma coisa de impalpável nos levava adiante. O espaço da experiência perdia seus contornos familiares. No acúmulo do tempo, os anos que representavam marcos para nós, como 1968 e 1981, se apagavam. A nova ruptura era a queda do Muro de Berlim, sem que fosse preciso dizer a data. Ela não marcava o fim da História, apenas o fim da História que nós podíamos contar.

Os países do Centro e Leste Europeu — até aqui ausentes do nosso imaginário geográfico — pareciam se multiplicar dividindo-se incessantemente em "etnias", termo que os distinguia de nós e dos povos sérios, mostrando um atraso que estava mais do que evidente no aparecimento de várias religiões e da intolerância.

A Iugoslávia estava sendo massacrada. As balas dos atiradores invisíveis, os *snipers*, cruzavam as ruas. Enquanto as granadas tentavam, em vão, matar os passantes e reduzir a pó as pontes milenares, e os antigos "novos filósofos" diziam e insistiam, envergonhando a todos, que "Sarajevo fica a somente duas horas de Paris", o cansaço nos invadia. Já tínhamos nos envolvido emocionalmente com a Guerra do Golfo, sem muito sentido. A consciência voltava atrás. Estávamos com raiva dos croatas, kosovares etc., que ficavam se matando uns aos outros como selvagens em vez de seguirem nosso exemplo. Não nos sentíamos pertencendo à mesma Europa que a deles.

A Argélia era um mar de sangue. Debaixo dos rostos mascarados dos membros do GIA (Grupo Islâmico Armado) víamos os da antiga FLN (Frente de Libertação Nacional). Os argelinos também não sabiam usar direito sua liberdade, mas as preocupações com eles já duravam tempo demais. Era como se depois da

Independência tivéssemos decidido não pensar mais no assunto de uma vez por todas. Isso para não falar de Ruanda. Tínhamos menos vontade ainda de nos envolver com o que acontecia lá, ou de aprender a distinguir, entre hutus e tútsis, quais eram os bons e os maus. Refletir sobre a situação na África sempre nos deixava com certo torpor. Tacitamente, admitia-se que as questões passadas lá estavam situadas num tempo anterior ao nosso, quando havia costumes bárbaros, com os governantes morando em castelos na França, e os males desta época pareciam nunca chegar ao fim. Era o continente que desencorajava todos.

Votar a favor ou contra Maastricht era um gesto abstrato que por pouco não esquecemos de fazer, apesar das ordens de um grupo denominado "as personalidades". Elas estavam pressionando e não entendíamos por que se achavam mais informadas sobre o assunto do que nós. Já tinha virado um hábito pessoas famosas imporem o que julgavam conveniente pensar e fazer. Estava claro que a direita venceria a esquerda nas eleições para o legislativo em março e, mais uma vez, a base seria de oposição ao governo de Mitterrand. Ele estava velho e extenuado, os olhos fundos e brilhantes, a voz neutra, era apenas um resquício de chefe de Estado que, quando confirmou seu câncer e a existência de uma filha secreta, assumiu que estava abandonando a política. Todos passaram a ver nesse homem, apesar de seu comprometimento e dos artifícios, a terrível encarnação do "tempo que resta". Ele ainda encontrou energia para acusar os jornalistas e chamá-los de "cachorros" quando seu antigo primeiro-ministro Bérégovoy deu um tiro na própria cabeça à beira do rio Loire. Contudo, todos sabiam que o pequeno russo tinha se matado não por causa de um apartamento, mas porque tinha traído a própria origem e seus ideais, escondidos debaixo da riqueza, e servilmente tinha engolido todas as humilhações para permanecer onde estava.

A anomia tinha vencido. A relativização de tudo por meio da linguagem era cada vez mais comum, funcionava como um sinal de distinção intelectual. Competitividade, precariedade, empregabilidade, flexibilidade causavam estragos. Vivíamos um momento de discursos vazios. Sequer conseguíamos ouvi-los, o controle remoto da tevê tinha diminuído o tempo dedicado ao tédio.

A sociedade passava a ser representada fragmentariamente por assuntos e tópicos, sobretudo os sexuais: a prática do swing, os transexuais, o incesto, a pedofilia e o topless nas praias, a favor ou contra? As pessoas tinham diante de si condutas e fatos que, na maioria das vezes, não faziam parte de sua experiência pessoal, mas que para elas estavam suficientemente difundidos, talvez até fossem a norma, quer elas aprovassem ou não. As confidências partiam dos espaços do correio anônimo dedicados às leitoras e das vozes do programa noturno *Allô Macha* para assumirem, na tela e em close, corpos e rostos. Não podíamos desviar a atenção deles, ficávamos espantados de ver tanta gente contando histórias íntimas a milhares de espectadores e felizes de poder saber tanto a respeito da vida dos outros. A realidade social era um leve rumor abafado pela euforia da publicidade, das pesquisas e dos caminhos da Bolsa, "a economia volta com o pé direito".

Eles chegavam do terceiro mundo e do antigo bloco do Leste e recebiam a alcunha ameaçadora de "clandestinos". Foram presos no abrigo de Arcade de Roissy e tiveram seus direitos restringidos pelas leis Pasqua. O slogan do antirracismo, "Não encosta no meu amigo", tinha sido esquecido, assim como o elogio da imigração como sendo "a riqueza da França". Era preciso "lutar contra a imigração selvagem", "preservar a união nacional". A frase dita por Michel Rocard, "a França não pode acolher toda a miséria do mundo", circulava no boca a boca como uma evidência óbvia e quase todo mundo entendeu o que estava nas entrelinhas, isto é, que na situação atual já havia imigrantes demais.

As pessoas levaram muito tempo para admitir que estávamos vivendo em uma sociedade de imigrantes. Durante anos, continuaram acreditando que as famílias da África negra e do Magrebe, amontoadas nos subúrbios das cidades, estavam ali só de passagem, e um dia iriam embora com sua ninhada de volta para o lugar de onde tinham vindo, deixando apenas um rastro de exotismo e nostalgia, como as colônias perdidas. Agora todos sabiam que elas ficariam. A "terceira geração" surgia como uma nova onda de imigração, vinda de dentro, cercando as cidades e inundando as escolas da periferia, a Agência Nacional de Emprego, os trens que iam em direção ao norte parisiense e a Champs-Élysées no dia 31 de dezembro. Uma população perigosa, sempre ignorada e constantemente vigiada, até em seu imaginário — que incomodava por se referir a outros lugares, como Argélia e Palestina. Eles eram chamados oficialmente de "jovens descendentes da imigração" e, no dia a dia, os árabes e os negros, ou, em versão mais eficaz, os *beurs* e os *blacks*. Eram técnicos de informática, secretárias ou vigias. Parecia estapafúrdio, em nosso íntimo, eles se considerarem franceses, como se esta nacionalidade fosse um título de glória usurpado, ao qual eles ainda não tinham direito.

Os centros comerciais se espalhavam e se multiplicavam, até mesmo no interior, em caixas de cimento erguidas com placas que podiam ser lidas da autoestrada. Eram lugares de consumo desagradáveis, em que o ato de comprar se dava em meio a uma pobreza árida, com aqueles blocos de construção no estilo soviético, cada um contendo, em quantidade gigantesca, a totalidade de objetos disponíveis de um mesmo modelo, sapatos, roupas, material para trabalhos manuais e um sanduíche do McDonald's de brinde para as crianças. Ao lado, o hipermercado esbanjava seus dois mil metros quadrados de alimentos e produtos de uma dúzia de marcas expostos por categorias. Fazer compras exigia mais tempo e envolvia complicações, sobretudo para aqueles que tinham apenas um salário mínimo por mês para gastar. A profusão da riqueza ocidental podia ser vista e tocada em corredores paralelos repletos de mercadorias que, vistas do alto, deixavam qualquer um perdido. Mas raramente levantávamos a cabeça.

Era um lugar de emoções fugazes e incomparáveis, de curiosidade, surpresa, perplexidade, vontade, repulsa — de lutas breves entre impulso e razão. Em uma tarde durante a semana, um casal aposentado via ali a ocasião para dar uma saidinha e passear pelas gôndolas, enchendo lentamente seu carrinho. Aos sábados, famílias inteiras se avolumavam e aproveitavam, ao acaso, a proximidade dos objetos de desejo.

Com prazer ou irritação, leveza ou frustração, dependendo do dia, a aquisição das coisas trazia um magnetismo para a vida. Logo as pessoas diziam que "já não podiam viver sem aqueles produtos". Ao ouvir a última canção de Souchon, "Foule Sentimentale", era como se estivéssemos cem anos à frente olhando para nós agora e tivéssemos a impressão melancólica de não poder fazer nada para mudar o que passou.

Apesar de tudo, era comum resmungarmos diante de um aparelho recém-comprado, "estava vivendo bem sem ele". Com o maior tédio do mundo, era preciso ler o manual de instruções e nos submeter ao esforço de aprender a mexer nele, pressionados pelos outros que elogiavam as vantagens da nova aquisição, "você vai ver, vai mudar sua vida" — como um ônus a suportar em troca de mais liberdade e felicidade. O primeiro uso intimidava, depois éramos invadidos por sensações desconhecidas, mas que logo desapareciam e eram esquecidas pelo hábito: a dificuldade em entender que a secretária eletrônica podia armazenar as vozes como se fossem objetos para escutarmos de novo dez vezes; ou o encantamento ao ver as palavras de amor recém-escritas subindo na folha branca do fax. A estranha presença dos seres ausentes era tão forte que suscitava em nós um sentimento de falta, nos levando a não atender o telefone só para cair na secretária eletrônica — enquanto ficávamos paralisados com medo de fazer algum barulho e ser ouvido por quem estava ligando.

Mesmo sendo óbvio que mais cedo ou mais tarde todo mundo "se renderia à informática", não tínhamos a intenção de comprar um computador, primeiro objeto que fazia com que nos sentíssemos inferiores. Por ora, os outros podiam dominá-lo, nós sentiríamos apenas inveja deles.

De todos os medos elencados, o da Aids era o mais forte. Os rostos esqueléticos e transfigurados de celebridades já em estado terminal, de Hervé Guibert a Freddie Mercury — em seu último videoclipe tão mais bonito do que antes, com aqueles dentes de coelho —, manifestavam o caráter sobrenatural do "flagelo", primeiro sinal de maldição lançado sobre o fim do milênio, o julgamento final. Mantínhamos distância dos soropositivos — 3 milhões no planeta — e o governo se empenhava em criar propagandas moralistas para convencer de que eles não deveriam ser tratados como "infectados". A vergonha da Aids substituía outra vergonha, já esquecida, a de ser grávida solteira. A suspeita da doença já valia sua condenação, *Será que Isabelle Adjani tem Aids?* Só de fazer o exame já era algo suspeito, a confissão de um erro indizível. Íamos ao hospital escondidos, com uma senha na mão, sem dirigir o olhar para quem estava ao lado na sala de espera. Apenas os que haviam sido contaminados por transfusão dez anos antes tinham direito à compaixão, dessa forma as pessoas se livravam do medo que tinham do sangue alheio aplaudindo o comparecimento em audiência na Suprema Corte de ministros e um médico julgados por "envenenamento". Mas, no fim das contas, todo mundo se resignava e incorporava o hábito de sempre ter um preservativo na bolsa. Não que ele fosse ser usado, a ideia de tocar no assunto era ao mesmo tempo inútil e um insulto ao parceiro — mas o arrependimento depois era certo, quando fazíamos o exame e esperávamos o resultado com a certeza de que morreríamos em breve. Ao saber que não seria assim, existir ou andar na rua eram atos de uma beleza e de uma riqueza inomináveis. Mas era preciso escolher entre a fidelidade e o preservativo. No exato momento em que passou a ser obrigatório ter orgasmos de todas as maneiras, a liberdade sexual se tornou impraticável.

Os adolescentes ouviam o programa sobre sexualidade apresentado por Doc e Difool na rádio Fun e iniciavam a vida sexual mantendo seus segredos.

O número de desempregados na França era igual ao de soropositivos no mundo inteiro. Nas súplicas que eram colocadas aos pés das estátuas nas igrejas, havia coisas do tipo "faça com que meu pai encontre um trabalho". Todo mundo pedia o fim do desemprego, esse outro "flagelo" inacreditável, existia uma esperança irracional, um ideal que não se cumpriria mais neste mundo. Os sinais de "força" (de paz, retomada econômica, diminuição do desemprego) encenados por vários apertos de mão — como o de Arafat e Ehud Barak — eram abundantes. Não importava se verdadeiros ou falsos. Nada se comparava à felicidade experimentada no fim do dia, depois de conseguir abrir caminho na multidão para ser um dos primeiros a pegar a transferência para outra linha de trem, conseguir ficar o mais perto possível dos assentos na parte do meio do vagão, esperar em pé ainda três estações, para poder, enfim, se sentar e fechar os olhos — ou fazer palavras cruzadas.

Para o grande alívio de todos, uma ocupação inútil foi encontrada para os moradores de rua: vender *Le Réverbère*, *La Rue*, jornais de conteúdo tão sem viço quanto as roupas do vendedor, que jogávamos fora sem ler. Um simulacro de atividade, que permitia fazer uma triagem entre os bons moradores de rua, que desejavam mesmo trabalhar, e os outros, impelidos a uma embriaguez sem fim nos bancos do metrô ou do lado de fora, junto com seu cachorro. No verão, eles iam para o Sul. Os prefeitos proibiam que ficassem deitados nas ruas para pedestres, pois impediriam o bom funcionamento do comércio. Muitos deles morriam de frio no inverno e de calor no verão.

Mesmo com a eleição presidencial chegando, não esperávamos que a vida (coletiva e pessoal) sofresse grandes reviravoltas. Mitterrand tinha esgotado toda nossa esperança. O único candidato que nos agradaria seria Jacques Delors, se ele não tivesse desistido após um período de indecisão. Não era mais um acontecimento, apenas um intermédio lúdico, um espetáculo do qual os protagonistas mais proeminentes na tevê eram três indivíduos bem medianos, dois deles tristes — o empertigado Balladur e o rabugento Jospin — e um doido eufórico, Chirac, como se a solenidade e a gravidade da eleição tivessem ido embora também com Mitterrand. Depois quase não nos lembraríamos dos candidatos e seus discursos, apenas dos fantoches de cada um que o Canal + tinha feito e passava todas as noites: Jospin como um maluco inofensivo em um pequeno carro pela estrada em zigue-zague de um país encantado, Chirac como Abbé Pierre e sua batina, Sarkozy como um traiçoeiro espertalhão, fazendo uma reverência obsequiosa diante de um Balladur cretino, Robert Hue com uma bolsa estilo anos 1970 a tiracolo, tratado pelos jovens como um bufão. Enquanto isso tocava a canção que marcava o início de outro programa de humor dos *Guignols*, *The Rhythm of the Night*. Não acreditávamos em nada, mas quando entendemos, pela cara feliz dos jornalistas, que Chirac tinha sido eleito, e vimos jovens bem-vestidos e senhoras dos bairros chiques gritando de alegria, entendemos que a diversão tinha acabado. Parecia verão, a temperatura estava agradável e as famílias ficaram sentadas nas varandas dos cafés, o dia seguinte seria feriado, era como se não tivesse havido a eleição.

Foi preciso um enorme esforço ouvindo Chirac para entender que agora ele era o presidente, e para se desacostumar de Mitterrand. A passagem imperceptível de anos com Mitterrand ao fundo de uma época se solidificava em um bloco. Tinham sido catorze anos, não queríamos ter envelhecido tanto. Os jovens não faziam ideia e não tinham sentimento algum. Mitterrand era o Charles de Gaulle deles, tinham crescido com ele no poder, catorze anos é bastante tempo.

No meio dos anos 1990, num almoço de domingo em que conseguíamos reunir os filhos já com quase trinta anos e os amigos deles — que não eram os mesmos do ano anterior, passageiros e passageiras de um círculo familiar do qual, mal entravam, já saíam —, tendo à mesa um pernil de cordeiro — ou qualquer outro prato que, por falta de tempo, dinheiro ou conhecimento, eles só comeriam em nossa casa — servido com um vinho *saint-julien* ou um *chassagne-montrachet* — para educar o paladar dos bebedores de Coca-Cola e cerveja —, ali, o passado não interessava a ninguém. O assunto da conversa, dominado pelas vozes masculinas, eram as vantagens de ter um "bécane" — termo que para nós conservava o sentido original, de "bicicleta", e, por isso, tínhamos dificuldade em entender que era um computador —, a comparação do PC e do Mac, das "memórias" e dos "programas". Complacentes, esperávamos que eles deixassem de lado aquela linguagem irritante de iniciados, que nem tínhamos vontade de entender, e voltassem para as conversas sobre as coisas comuns. Eles comentavam a capa mais recente do *Charlie Hebdo*, o último episódio do programa *Arrêt sur images* ou da série *Arquivo X*, citavam filmes americanos e japoneses, nos recomendavam assistir a *Aconteceu perto da sua casa* e *Cães de aluguel* (do qual contavam, entusiasmados, a primeira cena), zombavam afetuosamente de nossos gostos musicais, um lixo, e se ofereciam para nos emprestar o último CD de Arthur H. Com o mesmo senso de humor dos *Guignols*, do Canal +, comentavam as notícias e se recusavam a se compadecer dos problemas individuais, fechando a questão com a frase: "Cada um com sua própria desgraça". Criavam uma distância irônica do mundo. A vivacidade com que respondiam a tudo, a agilidade verbal que tinham, era impressionante — e também humilhante, tínhamos medo de parecer lentos e pesados. Esse contato com eles abastecia nosso estoque de palavras usadas pelos jovens, já que nos explicavam cada uso com conhecimento de causa, permitindo que incorporássemos ao nosso vocabulário "que sinistro!", "coisa de louco!", ficando assim com as mesmas possibilidades enunciativas que eles.

Ao observá-los comendo e ainda repetindo, tínhamos uma satisfação maternal. Na hora do champanhe, depois da refeição, eles se lembravam dos programas de tevê, produtos e propagandas, modas e roupas da época da infância e adolescência. A balaclava, as calças com protetor de joelho para evitar o desgaste, "*atum é tudo*", a propaganda dos sanitários da SFA, biscoitos Trois Chatons, *Corrida maluca*, *Kiri, o palhaço*, o programa de rádio de Zegut, as vinhetas do desenho animado *O Gordo e o Magro* etc. Chegavam a competir para ver quem lembrava mais citações, tomados pela rivalidade ao voltar para os objetos de um passado comum, uma memória incomensurável e fútil que dava a eles um ar de meninos.

A luz da tarde aos poucos se transformava. As sucessivas ondas de animação iam desaparecendo aos poucos. Depois de muito discutirem, a proposta de jogar Palavras Cruzadas foi descartada com argumentos racionais. Em meio ao cheiro de café e cigarro — por um acordo implícito, ninguém colocava maconha na roda — experimentávamos a ternura de um ritual que já tinha sido pesado o bastante a ponto de querermos abandoná-lo definitivamente. Mas, apesar da separação, do falecimento dos avós e do distanciamento em geral, sua continuação foi garantida neste domingo de primavera de 1995, com direito a guardanapo branco, prataria e um pedaço de carne. E, ao ver e ouvir os filhos se tornarem adultos, nos perguntávamos o que nos ligava a eles. Não era o sangue e nem os genes, mas ter compartilhado o presente em milhares de dias passados juntos, com falas e gestos, alimentos, trajetos feitos de carro, uma quantidade sem fim de experiências em comum sem marcas conscientes.

Eles iam embora se despedindo com quatro beijos na bochecha. Ao fim do dia, lembrávamos a alegria que sentíamos vendo-os comer em nossa casa com os amigos — e nos sentíamos felizes de ainda prover a necessidade mais antiga e fundamental, o alimento. Uma preocupação insondável nos ocupava — reforçada pela crença de que na idade deles éramos mais fortes — e tínhamos o sentimento de que eles se tornariam pessoas frágeis em um futuro ainda sem forma.

No calor de fim de julho, soube-se que uma bomba tinha explodido na estação Saint-Michel. Definitivamente, os atentados estavam de volta com Chirac. Ato reflexo, telefonávamos para as pessoas mais próximas, persuadidos, até ouvir a voz do outro lado da linha, de que de todos os lugares possíveis em que eles poderiam estar, era ali: naquela linha e vagão de trem, naquele instante exato em que o acaso tinha decidido colocá-los. Houve mortos e feridos, gente que teve as pernas destruídas. Mas as férias de agosto estavam chegando e ninguém queria se angustiar muito. Caminhando pelos corredores do metrô, uma voz ordenava que se prestasse atenção aos pacotes abandonados — fazendo todos entregarem o próprio destino às medidas de segurança.

Algumas semanas depois, quando Saint-Michel saiu da memória, houve outro atentado que trazia uma mistura curiosa de panela de pressão, pregos e bombas de gás. Acompanhamos, como se fosse um filme, a perseguição de um jovem do subúrbio de Lyon, "o misterioso Kelkal", morto a tiros por policiais antes que pudesse dizer qualquer coisa. Pela primeira vez, o horário de verão continuou até outubro. Era um outono de calor e luz. Além dos parentes das vítimas e sobreviventes, ninguém mais se lembrava dos mortos da estação Saint-Michel, que não tiveram seus nomes divulgados em canto algum — sem dúvida para não assustar os usuários do metrô já bastante estressados pelos atrasos "por um incidente técnico" ou "por acidentes graves de viajantes". Os mortos foram esquecidos mais rapidamente do que os da Rue de Rennes, que tinha acontecido nove anos antes, e até mesmo do que os da Rue de Rosiers, ainda mais antigo. Os fatos se apagavam antes mesmo de entrarem na narrativa.

A indiferença só ganhava força.

Na televisão coexistiam o mundo do comércio, com os anúncios publicitários, e o dos discursos políticos. Mas eles não se encontravam. Em um, reinavam a facilidade e o convite ao prazer; no outro, os sacrifícios e restrições, as expressões cada vez mais ameaçadoras, "a globalização das trocas", "a necessária modernização". Levou um tempo até podermos traduzir para imagens cotidianas o Plano Juppé e entendermos que estavam nos enganando, porém já estávamos fartos do modo arrogante e condescendente com que nos reprovavam por não sermos "pragmáticos". A aposentadoria e a previdência social estavam longe de ser a prioridade do governo, eram uma espécie de porto seguro entre as coisas que eram levadas embora.

Os funcionários da rede de transportes e dos correios pararam de trabalhar, os professores e todos os serviços públicos também. Engarrafamentos gigantescos tomavam Paris inteira, bem como outras cidades grandes, e as pessoas compravam bicicletas para poderem circular, andavam em grupos apressados na noite de dezembro. Era uma greve de inverno e de adultos, sombria e calma, sem violência nem exaltação. Reencontrava-se a temporalidade singular das grandes greves, em que o atraso era a regra, ao lado de um tipo de organização improvisada e provisória. Havia certa mitologia nos corpos e gestos, caminhar obstinadamente por Paris sem metrô nem ônibus era um ato que fazia parte da memória. Na Gare de Lyon, a voz de Pierre Bordieu unia 1968 a 1995. Voltávamos a acreditar. Pouco a pouco, novas palavras traziam o ânimo necessário: "outro mundo", tornar a "Europa social". As pessoas diziam que havia muito tempo que ninguém falava desse modo. Ficamos maravilhados. A greve era mais discurso do que ação. O primeiro-ministro Juppé retirou seu plano. O Natal estava chegando, era hora de voltar à vida pessoal, aos presentes e à paciência. As passeatas de dezembro chegaram ao fim e não constituíram uma narrativa. Restava apenas a imagem de uma multidão marchando na noite. Não sabíamos se tinha sido a última grande greve do - ou o início de um despertar. Para nós, alguma coisa tinha começado, lembrávamo-nos dos versos de Éluard, *eram só alguns/ no mundo inteiro/ cada um pensava estar só/ mas de repente que multidão de gente.*

Entre aquilo que ainda não aconteceu e o acontecido, a consciência permanece vazia por um breve instante. Olhamos sem entender a enorme manchete na capa do *Le Monde*, MORRE FRANÇOIS MITTERRAND. Uma multidão de gente se reuniu na praça da Bastilha à noite, como em dezembro. A necessidade de estarmos juntos continuava nos assolando, havia uma espécie de solidão. Voltou à memória um episódio, no dia 10 de maio de 1981, durante seu mandato como prefeito de Château-Chinon, quando Mitterrand ficou sabendo que tinha sido eleito presidente da República e disse: "Nossa, que história".

As emoções estavam à flor da pele. Ondas de medo, indignação, alegria se alternavam no decorrer dos dias. Não se podia mais comer carne por causa da "vaca louca" que, na década seguinte, mataria milhares de pessoas. A imagem de um machado afundado na porta da igreja onde os imigrantes ilegais estavam refugiados deixou todo mundo escandalizado. Uma sensação repentina de injustiça, uma explosão de afeto ou de consciência levaram as pessoas para as ruas. Cem mil manifestantes marcharam alegremente contra o projeto de lei Debré, que facilitava a expulsão dos estrangeiros, enfeitando as mochilas com broches contendo um desenho de uma mala preta e a pergunta: "é a vez de quem?", no dia seguinte guardados como lembrança dentro do armário.

As pessoas assinavam petições, mas em seguida esqueciam qual era a causa e, mesmo tendo assinado, perguntavam, quem era este Abu-Jamal? Cansavam-se da noite para o dia. Havia uma alternância entre efusão e apatia, protesto e consentimento. A palavra "luta" tinha perdido o valor, era um mofo do marxismo, agora ridicularizado, e "defesa" tinha passado a designar, em primeiro lugar, a defesa do consumidor.

Alguns sentimentos caíam em desuso, parecendo absurdos, tais como "patriotismo" e "honra". Ninguém mais os sentia, eram reservados a tempos inferiores e populações exploradas. A "vergonha" era sempre invocada de várias maneiras; ela já não tinha o mesmo sentido de antes, apenas uma vexação provisória, ferida momentânea do ego — e o "respeito" era, em primeiro lugar, uma exigência de reconhecimento, por parte dos outros, desse ego. Não se ouviam as pessoas dizendo "bondade" e "pessoas boas". O "orgulho" que uma pessoa sentia por algo realizado se transformava em orgulho por algo que se era: mulher, gay, provinciano, judeu, árabe etc.

O sentimento mais encorajado de todos se relacionava a um estado de perigo confuso associado a algumas figuras distorcidas — o "cigano", o "jovem delinquente dos subúrbios", o ladrão de bolsa, o estuprador e o pedófilo, o terrorista de pele morena — que andavam por cenários específicos: os corredores do metrô, a Gare du Nord e a Seine-Saint-Denis. Era um sentimento reforçado pelos programas e telejornais da TF1 e M6, pelos avisos no metrô, "cuidado! os batedores de carteira costumam agir nesta estação", "reporte qualquer pacote abandonado", que alimentavam a realidade daquele momento: a insegurança.

Não existia um nome preciso para esta sensação de estar ao mesmo tempo estagnado e em transformação. Em meio à incapacidade de entender o que acontecia, uma palavra começava a circular de boca em boca, os "valores" — sem que fossem definidos quais —, como uma reprovação geral dos jovens, da educação, da pornografia, do projeto de união estável, da maconha e da má ortografia. Alguns faziam troça da dita "nova ordem moral", do "politicamente correto", das "respostas prontas", enalteciam a transgressão e aplaudiam o cinismo de Houellebecq. Na televisão, as linguagens conviviam sem chamar muita atenção.

Éramos inundados de explicações para o *eu*, dadas incansavelmente por Mireille Dumas, Delarue, pela revistas femininas e pela *Psychologies*. Tratava-se de um saber que não ensinava grande coisa, mas autorizava as pessoas a um ajuste de contas com os pais, e trazia certo consolo por poderem misturar a própria experiência com a dos outros.

Por conta de uma extravagância de Chirac, que dissolveu a Assembleia Nacional, a esquerda ganhou as eleições e Jospin se tornou primeiro-ministro. Esse fato representou o retorno àquele fim de tarde desiludido em maio de 1995, o restabelecimento de uma situação menos pior e a retomada de medidas que tinham um gostinho da liberdade, igualdade e generosidade que desejávamos. Tínhamos direito a algumas coisas boas da vida, como saúde, com o sistema público CMU (Couverture Maladie Universelle), e tempo para si, com as 35 horas de trabalho, mesmo que o resto não fosse alterado. E não passaríamos o ano 2000 sob um governo de direita.

O sistema mercadológico pressionava cada vez mais e impunha seu ritmo ofegante. Munidas de um código de barras, as compras agora passavam com uma velocidade ainda maior pela esteira na direção da sacola com um bipe discreto, que dissimulava o custo da transação em um único segundo. Os produtos para a volta às aulas surgiam nas prateleiras antes mesmo que as crianças entrassem de férias, os brinquedos de Natal, no dia seguinte ao Dia de Todos os Santos, e os trajes de banho e maiôs em pleno inverno. O tempo das coisas nos sugava e nos obrigava a viver sem pausa com dois meses de antecedência. As pessoas saíam correndo para os domingos em que as lojas abriam "excepcionalmente" e para os dias em que funcionavam depois do horário, o primeiro dia das grandes liquidações constituía um acontecimento midiático. O princípio indiscutível que estava em jogo era "negociar o melhor preço", e era obrigatório "aproveitar as promoções". O shopping, com um hipermercado e lojas, se tornava o principal espaço de existência, de contemplação inesgotável dos objetos. Nele, era possível desfrutar as compras calmamente, a salvo da violência, protegido por seguranças musculosos. Os avós levavam as crianças para ver cabras e galinhas expostas em caixotes de palha inodoros debaixo de luzes artificiais que seriam substituídos, no dia seguinte, por especialidades culinárias da Bretanha ou por colares e estatuetas produzidas em série batizadas de "arte africana", tudo o que ainda restava da história colonial. Os adolescentes — sobretudo os que não podiam contar com outras maneiras de distinção social — ganhavam valor pessoal por meio de marcas de roupa, *L'Oréal, porque eu mereço.* E nós, críticos da sociedade de consumo, cedíamos ao desejo de ter um par de botas que — como outrora os primeiros óculos escuros, depois a minissaia ou a calça boca de sino — davam a breve ilusão de estarmos renovados. Mais do que possuir o objeto, as pessoas perseguiam esta sensação ao percorrer os cabides da Zara e da H&M, sensação que chegava imediatamente, sem esforço, por meio da aquisição de coisas, como um complemento do ser.

E ninguém mais envelhecia. As coisas ao nosso redor não duravam o bastante para envelhecer, elas eram substituídas, renovadas com a maior velocidade. A memória não tinha tempo de associar os objetos a momentos da existência.

De todas as novidades, o "celular" era a mais milagrosa, a mais perturbadora. Ninguém imaginou que um dia poderíamos andar com um telefone no bolso e ligar de qualquer lugar a qualquer hora. Era estranhíssimo ver as pessoas conversando sozinhas na rua segurando o telefone na orelha. A primeira vez que o toque soava dentro do bolso, em um vagão do trem ou na caixa do supermercado, tínhamos um sobressalto, buscávamos correndo o botão para atender sentindo uma espécie de vergonha, mal-estar, nosso corpo de repente chamando a atenção dos outros ao responder alô, sim, e dizer palavras que não se dirigiam a eles. E quando a voz de um desconhecido ao nosso lado respondia a um telefonema, ficávamos irritados por nos ver presos a uma situação em que nossa existência era considerada nula e em que nos era imposta a insignificância de um cotidiano, a banalidade de preocupações e desejos que, até aqui, estavam reservadas à cabine telefônica ou ao apartamento.

Porém, a verdadeira coragem tecnológica era "se meter" com o computador. Poder utilizar aquele dispositivo significava aceder a um patamar superior de acesso à modernidade, a uma inteligência diferente, nova. Um objeto autoritário que exigia reflexos rápidos, gestos com a mão de uma precisão inabitual, e propunha ininterruptamente um inglês incompreensível em "opções" que deveriam ser obedecidas sem demora — um objeto implacável e maléfico, que escondia no interior do seu ventre a carta que tínhamos acabado de escrever. Ele nos lançava em um estado de confusão e humilhação, contra o qual nos revoltávamos, "ainda por cima esta agora, o que você quer fazer comigo!". Mas depois passava a aflição. Comprávamos um modem para ter internet e um endereço eletrônico, deslumbrados por poder "navegar" pelo mundo inteiro no AltaVista.

Os novos objetos impunham uma violência ao corpo e ao espírito que logo era apagada pelo uso. Eles se tornavam leves. (E, como sempre, crianças e adolescentes utilizavam com muita facilidade e sem dúvidas.)

A máquina de escrever, com seu ruído e acessórios, a borracha, o estêncil e o papel-carbono, nos levavam a uma época remota, impensável. Porém, quando revíamos a nós mesmos alguns anos antes, telefonando para fulano de um telefone público em um café, ou datilografando uma carta para sicrano na Olivetti, era preciso reconhecer que a ausência do celular e e-mail não fazia diferença alguma na felicidade ou nos sofrimentos da vida.

Tendo ao fundo um céu azul clarinho e uma praia de seixos quase deserta, sulcada como um campo agrícola arado, destaca-se um pequeno grupo de duas mulheres e dois homens. Os quatro estão próximos e seus rostos têm uma parte coberta por sombra e outra iluminada pelo sol que incide vindo da esquerda. Os dois homens, no centro, se parecem, têm seus trinta e poucos, a mesma altura e envergadura, uma calvície se insinuando em um deles, já avançada no outro, a mesma barba por fazer. O da direita carrega no ombro uma mocinha de cabelos pretos emoldurando os olhos e bochechas redondas. A outra mulher, na extremidade esquerda, já uma senhora, mas de idade indefinida — com rugas na testa iluminada pelo sol, marcas de blush rosa na bochecha, contorno do rosto flácido —, com o cabelo dividido ao meio, com um corte quadrado, um casaco bege com um lenço amarrado de modo frouxo, brincos de pérola, uma bolsa a tiracolo. Parece uma mulher abastada que mora na cidade e veio visitar a costa normanda no final de semana.

Ela esboça um sorriso terno e distante, próprio das pessoas mais velhas que, sendo mãe ou professora, são fotografadas a sós com os jovens (um modo de mostrar que a diferença geracional não é ignorada).

Os quatro estão olhando para a câmera, corpos e rostos congelados em uma posição estabelecida desde os primórdios da fotografia para atestar que aquelas pessoas estiveram ali juntas, no mesmo lugar e mesmo dia, capturadas com um mesmo pensamento: o de "estarem bem". No verso da foto, *Trouville, março de 1999*.

Ela é a mulher com o blush no rosto, os dois rapazes de trinta e poucos são seus filhos, a mocinha é namorada do filho mais velho, a do mais novo foi quem tirou a foto. Graças à situação confortável por ter recebido ao longo dos anos uma boa remuneração na condição de professora "no topo da carreira", é ela que está proporcionando para todos esse final de semana na praia. Tem vontade de continuar sendo provedora de conforto material aos filhos, para compensar a eventual dor do peso da existência que eles possam sentir e da qual ela se julga responsável, já que colocou os dois no mundo. Ela se acostumou com a ideia de que eles devem aproveitar a vida apesar da situação precária dos dois, com contratos temporários em trabalhos inferiores à formação que têm, com seguro-desemprego, dependendo do mês, alguns bicos, em um eterno presente feito de música, seriados norte-americanos e videogames, como se eles perseguissem indefinidamente uma vida de estudantes ou artistas sem dinheiro, em uma boemia de antigamente, tão distante da "situação" dela na idade deles. (Ela não sabe dizer se a indiferença social dos dois é real ou fingida.)

Eles caminharam até a região das Roches Noires, chegando à escada chamada Marguerite Duras, e voltaram. Em meio à lentidão e à contemplação dispersa de um passeio em grupo, o compasso desajustado, passos em ritmos diferentes, talvez ela tenha experimentado uma espécie de incredulidade ao olhar para as costas e pernas dos filhos, que iam andando à frente acompanhados das namoradas, e ao ouvir as vozes graves dos dois. Como é que estes homens são filhos dela? (Ter carregado os dois no ventre não parece ser uma boa explicação.) Será que ela não buscou, obscuramente, recriar a existência dupla dos pais, ou seja, ter diante dela o que ela tinha atrás, para ter o mesmo tipo de porto seguro no mundo. E, nesta praia, ela talvez tenha se lembrado do que sua mãe sempre dizia quando ia na direção dos dois meninos ainda adolescentes, "esses dois meninões", com um assombro de admiração, como se fosse estranhíssimo que sua filha fosse mãe de dois grandalhões que já eram um palmo e meio mais altos que ela, e fosse também quase inconveniente que o corpo daquela que seria para sempre a sua menina tivesse produzido dois homens em vez de duas mulheres.

Assim como nas outras ocasiões em que se encontra com os filhos e volta a desempenhar o papel de mãe que exerce só de vez em quando, ela sente que o laço maternal é insuficiente. Então, sabe que precisa de um amante, de um tipo de intimidade que só se tem com o ato sexual e que lhe serve de consolo para os conflitos temporários que tem com os filhos. O jovem com quem ela sai nos outros finais de semana às vezes a deixa entediada e a irrita quando assiste, aos domingos pela manhã, a programas esportivos, mas abrir mão dele seria deixar de conversar com alguém sobre os fatos e incidentes insignificantes do dia a dia, deixar de verbalizar o cotidiano. Seria também deixar de esperar, olhar para a gaveta de calcinhas rendadas e meias-calças e pensar que elas não servem para mais nada, ouvir "Sea, Sex and Sun" e se sentir excluída de um universo de gestos, desejo e exaustão, seria estar privada de futuro. Nesse momento, quando imagina a possibilidade dessa privação, sente-se atada violentamente ao rapaz, como se ele fosse um "último amor".

Quando pensa no assunto, sabe que o elemento principal da relação dos dois, no que diz respeito a ela, não é sexual: ele a faz reviver o que ela nunca achou que reviveria um dia. Quando saem para comer no supermercado Jumbo, ou quando ele a recebe em casa ouvindo The Doors e eles fazem amor em um colchão sem cama no *studio* frio onde ele mora, ela tem a impressão de estar representando outra vez cenas de sua vida de estudante e momentos que já aconteceram. Já não é de verdade, mas, ao mesmo tempo, é essa repetição que dá realidade à sua própria juventude, às primeiras experiências que teve, "primeiras vezes" que, em meio ao estupor de quando aconteceram, não tinham um sentido. Agora elas também não têm sentido algum, a repetição apenas preenche o vazio e dá uma ilusão conclusiva. No diário, ela anota: "Ele me tirou da geração à qual pertenço. Mas também não estou na geração dele. Não estou em nenhum lugar do tempo. Ele é o anjo que me faz reviver o passado, tornando-o eterno".

Com frequência, depois de fazer amor em um domingo à tarde, em meio à sonolência, ela fica encostada contra o corpo dele e é tomada por um estado peculiar. Não sabe mais em qual cidade estão e de onde vêm os barulhos de carro, passos e vozes lá de fora. Confusamente ela está em seu quartinho no alojamento de moças, em um quarto de hotel — na Espanha, verão de 1980, em Lille com P. no inverno —, ou na cama, ainda criança, aninhada na mãe que dorme. Ela sente que está em diversos momentos de sua vida, deslizando de um para o outro. Uma temporalidade de natureza desconhecida se apropria de sua consciência e também do seu corpo e, nela, presente e passado se sobrepõem sem se misturarem. Outra vez sente que integra todas as formas do ser que já foi um dia. Esta sensação não é nova — e talvez possa ser produzida pelo uso de drogas, mas ela nunca fez uso de nenhuma, sempre colocou o prazer e a lucidez acima de tudo. De todo modo, neste momento encara o que está sentindo como uma espécie de ampliação e desaceleração. Chegou a dar um nome para isso, "sensação palimpsesto", embora esta palavra não seja muito precisa se for olhar a definição do dicionário para palimpsesto: "manuscrito raspado para que se possa escrever de novo no mesmo lugar". Ela enxerga naquilo que sente um instrumento possível de conhecimento, não apenas para si mesma, mas de modo geral, quase científico — mas não faz ideia do quê. Em seu projeto de escrever sobre uma mulher que viveu de 1940 até hoje — que a coloca em um estado cada vez mais desolador, até mesmo de culpa por não poder realizá-lo — ela gostaria, sem dúvida influenciada por Proust, que esta sensação fosse o início do livro, dada a necessidade de basear a empreitada em uma experiência pessoal.

É uma sensação que a leva gradualmente para longe das palavras e de toda a linguagem na direção dos primeiros anos sem lembranças, na doçura rosada do berço, e de uma série de *abismos* — presentes na tela *Aniversário*, de Dorothea Tanning. É uma sensação que elimina seus atos e os acontecimentos, tudo o que ela aprendeu, pensou, desejou, e a conduz através dos anos até estar aqui, nesta cama com este homem mais novo. É uma sensação que suprime sua história. Mas, ao contrário disso, no livro, ela gostaria de conservar todas as coisas que estão ao redor continuamente, de conservar a *circunstância*. Será que essa própria sensação não chamaria a atenção para a história, para as transformações na vida das mulheres e dos homens, para essa possibilidade de experimentá-la aos 58 anos, ao lado de um homem de 29, sem ter nenhum sentimento de culpa e nem, por outro lado, de orgulho? Ela não sabe afirmar com certeza se esta "sensação palimpsesto" tem um caráter heurístico mais do que outra sensação, também frequente: a de que as várias versões de seu "eu" estão nos personagens dos livros e filmes, isto é, que ela é a mulher de *Sue* e de *Claire Dolan*, vistos há pouco, ou Jane Eyre, ou Molly Bloom — ou Dalida.

No ano seguinte, ela vai se aposentar e já está jogando fora as anotações para as aulas, os comentários sobre livros e as obras que lhe serviram para prepará-los, se desfazendo daquilo que foi a "embalagem" da sua vida. Assim, deixa o caminho livre para o seu projeto de escrita, não tendo mais nenhuma justificativa para adiá-lo. Na arrumação, deparou com uma frase que está no começo da autobiografia *Vida de Henry Brulard*: "Vou fazer cinquenta anos, está na hora de conhecer a mim mesmo". Quando copiou esta frase, tinha 37 — agora, ela alcançou e ultrapassou a idade que Stendhal tinha na época do livro.

O ano 2000 estava chegando. Era difícil acreditar que estaríamos vivos para ver a passagem do milênio. Sentíamos pena das pessoas que morriam antes. Ninguém imaginava que as coisas fossem se passar de maneira normal, estava anunciado um "bug do milênio", uma mudança de ordem global, uma espécie de buraco negro precursor do fim do mundo, de um retorno à selvageria dos instintos.

O século 20 se fechava atrás de nós com incontáveis balanços, tudo era repertoriado, classificado, avaliado, as descobertas, as obras literárias e artísticas, as guerras, ideologias, como se fosse preciso entrar no século 21 com a memória zerada. Um tipo de tempo solene e acusador — como se devêssemos tudo a ele — caía sobre nós e nos desfazia de nossas lembranças pessoais e de tudo aquilo que nunca tinha tido para nós esse caráter de totalidade — "o século" —, mas constituía simplesmente um fluxo de anos mais ou menos relevantes, conforme as mudanças na nossa própria vida. No século que se aproximava, as pessoas que havíamos conhecido na infância, mas que tinham se perdido pela vida afora, os pais e os avós, todos estariam definitivamente mortos.

Os anos 1990 recém-vividos não tinham um significado específico, eram anos de desilusão. Vendo o que acontecia no Iraque — onde os Estados Unidos matavam a população de fome e a ameaçavam frequentemente com ataques, onde crianças morriam por falta de medicamentos —, em Gaza ou na Cisjordânia, na Chechênia, no Kosovo, na Argélia etc., era melhor não se lembrar do aperto de mãos entre Arafat e Clinton em Camp David, nem da "nova ordem mundial" anunciada, ou de Yeltsin em seu tanque. Na verdade, bem pouca coisa valia a pena ser lembrada, talvez as noites nebulosas de dezembro de 1995, já tão distantes, sem dúvida, quando houve a última grande greve do século. E, em segundo plano, a bela e infeliz princesa Diana, assassinada em um carro na ponte de l'Alma, ou o vestido azul de Monica Lewinsky, manchado com o esperma de Bill Clinton. Pairando por cima de tudo, a Copa do Mundo de futebol. As pessoas adorariam poder reviver as semanas em compasso de espera, todos juntos em frente à tevê, as ruas desertas atravessadas somente por entregadores de pizza, conduzindo, de jogo em jogo, até aquele domingo e aquele instante em que, em meio ao clamor e ao êxtase, poderíamos ter morrido juntos de tanta alegria por ter vencido — só que era o contrário exato da morte — e nos entregar a um único desejo, uma única imagem, uma única narrativa. Foram dias fascinantes, cujos vestígios irrisórios eram as propagandas da água Évian e da rede Leader Price, com o rosto de Zidane, espalhadas pelas paredes do metrô.

Depois disso, não precisava haver mais nada.

O último verão — tudo era o último — tinha chegado. As pessoas se reuniam mais uma vez. Amontoavam-se nos jardins de Paris e iam de carro para o Norte, na direção das falésias do Canal da Mancha, para ver a Lua cobrir o Sol ao meio-dia. De repente, esfriou e foi anoitecendo. Tínhamos pressa de ver o Sol reaparecer e ao mesmo tempo vontade de nos abandonar naquela noite estranha, tomados pela sensação de estarmos vivendo, velozmente, a extinção da humanidade. Milhões de anos cósmicos passavam diante de nossos olhos cobertos com óculos escuros. Os rostos cegos erguidos para o céu pareciam esperar a chegada de um deus ou do cavaleiro branco do Apocalipse. O Sol reapareceu e as pessoas aplaudiram. O próximo eclipse solar aconteceria em 2081, não estaríamos aqui para ver.

Enfim, chegamos ao ano 2000. Tirando os fogos de artifício e uma euforia urbana previsível, não houve nada de especial. Ficamos decepcionados, o "bug" previsto era uma farsa. Porém, seis dias antes da virada tinha ocorrido outro evento, que logo ficou conhecido como "a grande tempestade", surgida do nada. Foi à noite e, em poucas horas, ela derrubou milhares de postes, destruiu florestas, arrancou telhados, seguindo seu caminho de Norte a Sul e de Oeste a Leste, matando com delicadeza apenas uma dúzia de pessoas que estavam no lugar errado na hora errada. Pela manhã, o Sol apareceu lentamente iluminando a paisagem destruída, com uma beleza típica da devastação. Aqui começava o terceiro milênio. (Houve quem tenha pensado em uma vingança misteriosa da natureza.)

Nada mudou, exceto o insólito número 2 que agora ficava no lugar do 1, fazendo a caneta se equivocar ao escrever a data nos cheques. Após um inverno leve e chuvoso como os anteriores, a lembrança das "diretivas europeias" de Bruxelas, o "boom das start-ups", e uma espécie de melancolia no lugar do entusiasmo esperado. Os socialistas governavam sem chamar atenção. As passeatas diminuíam. Não íamos mais à manifestação dos imigrantes ilegais.

Com alguns meses de atraso em relação à chegada do século, o avião dos ricos, o Concorde, que ninguém que a gente conhecia pegava, caiu na região de Gonesse e rapidamente desapareceu da memória, passando para a mesma época do general De Gaulle. Um homenzinho gélido, de ambições impenetráveis, com um nome, enfim, de fácil pronúncia, Putin, substituiu o beberrão Yeltsin e prometeu ir atrás dos chechenos até o fim do mundo para "acabar com eles". A Rússia já não transmitia mais esperança nem medo, apenas um sentimento de desolação perpétua. Ela tinha abandonado nosso imaginário — que os americanos estavam ocupando mesmo contra a nossa vontade, como uma árvore gigantesca espalhando seus galhos pela superfície da Terra. Todos se irritavam com as lições de moral dos americanos, com seus acionistas e fundos de pensão, com a poluição que espalhavam pelo planeta e o nojo que tinham de nossos queijos. Apenas uma palavra era capaz de designar a pobreza de sua superioridade, fundada em armas e na economia: "arrogância". Conquistadores sem ideais, exceto pelo petróleo e os dólares. Seus valores e princípios — contar apenas consigo próprio — não davam esperança a mais ninguém além deles mesmos, e nós sonhávamos com "um outro mundo".

À primeira vista, era algo inacreditável — como mostraria depois um filme em que se vê George W. Bush sem conseguir esboçar reação quando anunciaram a notícia, feito criança perdida. Também era impossível pensar e sentir qualquer coisa, só conseguíamos ficar de olhos grudados na televisão, repetidas vezes, para ver as Torres Gêmeas desabando uma depois da outra naquela tarde de setembro — que era manhã em Nova York, mas para nós tudo terá sempre ocorrido à tarde —, como se de tanto ver aquelas imagens, aquilo acabasse se tornando real. Ninguém conseguia sair do estupor, que compartilhávamos pelos celulares com o máximo de gente.

Surgiam inúmeros discursos e análises. O acontecimento em si, em sua clareza, se dissipava. Nos revoltamos com a declaração do *Le Monde*: "Somos todos norte-americanos". Em um piscar de olhos, nossa representação de mundo tinha virado de ponta-cabeça, alguns indivíduos fanáticos, vindos de países obscurantistas, armados só com estiletes, tinham destruído em menos de duas horas os símbolos do poderio americano. O prodígio de tamanha façanha era chocante. Nos repreendíamos por ter achado que os Estados Unidos eram invencíveis. Estavam se vingando dessa ilusão. Vinha à mente outro 11 de setembro, o do assassinato de Allende. Havia uma espécie de compensação. Em seguida, tínhamos de ser solidários e pensar nas consequências. Mas o que mais importava era dizer onde, como e por quem, ou por qual meio, tínhamos recebido a notícia do ataque às Torres Gêmeas. Os pouquíssimos que não souberam no mesmo dia ficaram com a impressão de terem faltado a um compromisso com o resto do mundo.

E cada um ia em busca do que estava fazendo no exato momento em que o primeiro avião tocou a torre do World Trade Center, em que os casais pularam para o vazio de mãos dadas. Não havia qualquer relação entre as duas coisas, a não ser estarmos vivos no mesmo momento que três mil seres humanos prestes a morrer mas que ignoravam o fato quinze minutos antes. Ao lembrar, estava no dentista, na estrada, em casa lendo, nessa estupefação da contemporaneidade, percebíamos com a mesma precariedade o que separava as pessoas na terra e o que as unia. E nosso desconhecimento do que se passava em Manhattan no mesmo segundo em que olhávamos para uma tela de Van Gogh no museu d'Orsay era o mesmo do momento da nossa própria morte. Porém, no meio do fluxo insignificante dos dias, aquela hora, que continha ao mesmo tempo as torres do World Trade Center destruídas e um compromisso no dentista ou uma revisão do carro, estava salva.

O 11 de Setembro repelia todas as datas que tinham nos acompanhado até então. Do mesmo modo que dizíamos "depois de Auschwitz", passamos a dizer "depois do 11 de Setembro", um dia único. Aqui começava alguma coisa que não sabíamos o que era. O tempo também se globalizava.

Mais tarde, ao nos lembrarmos dos fatos que, com hesitação, situávamos em 2001 — uma tempestade em Paris no final de semana de 15 de agosto, um massacre no banco Caisse d'épargne de Cergy-Pontoise, o *Big Brother*, o lançamento do livro *A vida sexual de Catherine M.* —, ficaríamos surpresos por todos esses fatos terem acontecido antes de 11 de Setembro, impressionados por constatar que nada os distinguia daqueles que tinham acontecido depois, em outubro ou novembro. Todos eles tinham retornado ao estado flutuante do passado e retomado sua liberdade em relação a um acontecimento que, agora era preciso admitir, não tínhamos realmente vivido.

Sem ter tempo de refletir, entrávamos em um estado de medo. Uma força obscura tinha se infiltrado no mundo, disposta aos atos mais atrozes em todos os pontos do planeta. Envelopes cheios de um pó branco matavam seus destinatários, o *Le Monde* dava a manchete: "A guerra que se aproxima". O presidente dos Estados Unidos, George W. Bush, filho insignificante do mandatário anterior, eleito de modo ridículo depois de intermináveis recontagens de votos, proclamava a guerra das civilizações, do Bem contra o Mal. O terrorismo tinha um nome (Al-Qaeda), uma religião (o islamismo) e um país (o Afeganistão). Não podíamos mais dormir, era preciso ficar alerta até o fim dos tempos. A obrigação de endossar o medo dos americanos esfriava a solidariedade e a compaixão. Fazíamos troça da incapacidade deles para capturar Bin Laden e o mulá Omar, que tinha fugido de moto.

A imagem do mundo muçulmano virava do avesso. Aquela nebulosa constituída por homens de vestido e mulheres usando véu como santas virgens, homens conduzindo camelos pelo deserto, danças do ventre, minaretes e muezim, passava do estado de objeto distante, pitoresco e atrasado, para a condição de força moderna. As pessoas se esforçavam para unir modernidade e peregrinação à Meca, moças usando burcas e preparando uma tese na universidade de Teerã. Não dava mais para esquecer os muçulmanos. Um bilhão e duzentos milhões de pessoas.

(O bilhão e trezentos milhões de chineses que não tinham crença alguma além da economia que turbinava a fabricação de produtos baratos destinados ao Ocidente era apenas um silêncio distante.)

A religião estava de volta, mas não era a nossa, na qual já não acreditávamos, que não quisemos transmitir e que, no fundo, permanecia sendo a única legítima, a melhor, se fosse preciso julgar. Dela, guardávamos, no museu da infância, os dez rosários, as cantigas e o peixe das sextas-feiras santas, *Sou cristão, eis minha glória*.

A distinção entre os "franceses de raiz" — isto é, que fazem parte da árvore, da terra — e os "provindos da imigração" não se alterava em nada. Quando o presidente da República evocava, em um discurso, o "povo francês" era claro que se referia a uma entidade — generosa e acima de qualquer suspeita xenofóbica —, que continha Victor Hugo, a tomada da Bastilha, os camponeses, os professores e os padres, o Abbé Pierre e Charles de Gaulle, Bernard Pivot, Asterix, Mère Denis e Coluche, as Maries e os Patricks. Mas essa entidade não incluía Fatima, Ali e Boubacar, aqueles que realizavam suas compras nas imensas seções de alimentos *halal* e que faziam o Ramadã. E menos ainda os jovens dos "bairros desfavorecidos", cujos capuzes cobrindo a cabeça e jeito desleixado de andar seriam sinais evidentes de sua dissimulação e preguiça, de que certamente não representavam nada de bom. De modo obscuro eles eram nativos de uma colônia sobre a qual não tínhamos mais controle.

A linguagem construía constantemente a divisão entre "nós" e "eles", circunscrevia-os em "comunidades" nos "bairros", em "territórios sem lei", entregues ao tráfico de drogas e aos estupros coletivos. A linguagem os tornava selvagens. Jornalistas declaravam: *Os franceses estão preocupados*. Segundo pesquisas — que ditavam as emoções —, a insegurança era a principal fonte de preocupação das pessoas. Ela tinha a forma inconfessada de uma população morena que sempre aparecia em bandos velozes e roubava o telefone de pessoas honestas.

A mudança para o euro distraiu por um breve momento. A curiosidade de ver de onde vinham as cédulas e moedas não durou mais do que uma semana. Era uma moeda fria, com pequenas notas limpas, sem imagens nem metáforas, um euro era um euro, nada além disso — uma moeda quase irreal, sem peso e dissimulada, que retraía os preços e dava uma impressão de que as coisas estavam baratas, embora, ao olhar o contracheque, parecesse que tínhamos empobrecido. Era tão estranho imaginar a Espanha sem as pesetas ao lado das tapas e sangrias, a Itália sem as cem mil liras da diária de um hotel. A melancolia das coisas nos fazia sentir falta do tempo passado. Pierre Bourdieu, intelectual e crítico que as pessoas mal conheciam, tinha morrido, e sequer sabíamos que ele estava doente. Ele não tinha nos dado tempo para prever sua ausência. Uma tristeza estranha se espalhou silenciosamente entre os que tinham lido Bourdieu e se sentido libertados por ele. Tivemos medo de que a fala dele se apagasse em nós da mesma maneira que a de Sartre, já tão distante agora. Tivemos medo de que a opinião reinasse sobre a razão.

A eleição presidencial de maio foi a mais desanimadora de todas. Uma repetição da anterior, de 1995, com os mesmos Chirac e Jospin (este agora assumia um estilo à Tony Blair e causava repulsa ao usar a palavra "socialista", mas provavelmente seria eleito). Era surpreendente lembrar a tensão e a dureza dos primeiros meses de 1981. Na memória, pelo menos, estávamos indo para algum lugar naquela época. Até mesmo a eleição de 1995 parecia melhor do que esta. Não dava para saber se era a imprensa que nos usava com suas pesquisas, *em quem você confia mais?*, e seus comentários arrogantes, ou se os políticos, com promessas de reduzir o desemprego e conter a sangria da previdência social, ou ainda se o problema eram os mendigos romenos, a escada rolante da estação de trem sempre fora de serviço ou a fila nos caixas do Carrefour e dos Correios — todas essas coisas mostravam que colocar nosso voto na urna era um gesto tão sem importância quanto preencher um cupom para participar de um sorteio no shopping. E os *Guignols*, do Canal +, tinham deixado de ser engraçados. Já que ninguém nos representava, pelo menos que tivéssemos algum prazer, afinal votar era um ato íntimo e afetivo. Esperamos um último impulso para decidir, Arlette Laguiller, Christiane Taubira ou o Partido Verde? Era preciso estar habituado a votar e ter um forte senso de "dever eleitoral" para se mobilizar em um domingo de abril, em pleno recesso de primavera.

Com exceção da temperatura agradável e do sol que fazia naquele domingo de abril, estranhamente não lembraríamos nada do que fizemos naquele dia nem das horas que antecederam o anúncio da apuração, somente uma sensação de espera distraída. Até que aconteceu. O homem que há vinte anos dizia barbaridades antissemitas e racistas, o demagogo de expressão colérica que divertia sua plateia, surgia tranquilamente e aniquilava Jospin. *Chega de esquerda*, era o recado. A leveza política da vida se esvaía pelas mãos. De quem era a culpa. O que será que tínhamos feito? Não teria sido melhor votar em Jospin em vez de Laguiller? A consciência andava em círculos, presa no espaço entre o gesto inocente de pôr o voto na urna e o resultado coletivo. Seguimos nosso desejo até o fim e fomos punidos. Éramos culpabilizados, o discurso da vergonha substituiu o da insegurança que estava ali até o dia anterior. A caça aos responsáveis começou: os que se abstiveram, os que tinham votado pelos partidos ecologista, trotskista e comunista, e a televisão mostrando em loop, na véspera da eleição, o patético Papy Voise agredido por criminosos que, para piorar, ainda atearam fogo no barraco onde o miserável morava. A imprensa "dava voz" aos que tinham votado silenciosamente em Le Pen: operários e caixas de supermercado saídos das sombras eram interrogados em busca de uma explicação rápida e inútil.

Mas ninguém teve muito tempo para refletir, pois começou o frenesi para uma mobilização geral, com o objetivo de salvar a democracia, que intimava a votar em Chirac (com conselhos para conservar a pureza da alma ao depositar o voto na urna: tapar o nariz e colocar luvas, *mais vale um voto que fede do que um voto que mata*). O impulso foi unânime e estrondoso e levou todo mundo às ruas, formando uma multidão que marchou dizendo palavras de ordem típicas do 1º de Maio: *É hora de deter o Führer Le Pen!*, *Sem medo, resistir*, *Eu tenho culhão I've got the balls Tengo las bolas*, *17,3% na Escala Hitler*. Os jovens, de volta do recesso de primavera, se sentiam como se estivessem na Copa do Mundo. Debaixo de um céu cinzento na Place de la République lotada de gente, esmagados detrás de um cortejo monstruoso que não avançaria nunca, fomos invadidos pela dúvida. Parecíamos figurantes em um filme sobre os anos 1930. Havia no ar certa hipocrisia. Todos se resignavam a votar em Chirac em vez de ficar em casa. Depois de votar, vinha uma sensação de ter cometido um ato estúpido. À noite, na tevê, vendo o mar de rostos erguidos para Jacques Chirac gritando Chichi, te amamos, enquanto alguém balançava por cima das cabeças a mãozinha que era o símbolo da associação SOS racismo, só conseguíamos pensar, que idiotas.

Posteriormente, na memória, só restaria da eleição para presidente o dia e o mês do primeiro turno, 21 de abril, como se a eleição forçada do segundo turno com oitenta por cento de comparecimento às urnas não contasse. Será que votar ainda valia a pena?

A direita voltava a ocupar todos os espaços. E, outra vez, os mesmos discursos de adaptação ao mercado e à globalização, as mesmas exigências para se trabalhar cada vez mais brotavam da boca do primeiro-ministro, Raffarin. Seu nome, sua postura derrotada e sua afabilidade cansada evocavam a figura de um burocrata dos anos 1950, andando com o passo tão pesado que rachava o piso de seu gabinete. Já quase não causava indignação ouvi-lo dizer, como no século 19, "a França de cima" e "a França de baixo". Deixávamos tudo aquilo de lado. Até mesmo a seleção da França acabou sendo eliminada da Copa do Mundo da Coreia. Nos recolhíamos do mundo.

O sol de agosto queimava. Com as pálpebras fechadas, sobre a areia, éramos as mesmas mulheres e os mesmos homens de antes. Tomávamos banho de mar, o mesmo da infância nas praias de seixos da Normandia, das férias do passado em Costa Brava. Mais uma vez ressuscitávamos do passado cobertos por uma mortalha feita de luz.

Ao abrir os olhos víamos uma mulher entrar no mar toda vestida com um casaco e uma saia longa, um véu muçulmano cobrindo os cabelos, de mãos dadas com um homem sem camisa, de short. Era uma visão bíblica, cuja beleza nos deixava terrivelmente tristes.

Os espaços onde as mercadorias ficavam expostas eram cada vez maiores, mais bonitos e coloridos, meticulosamente limpos, contrastando com o abandono das estações de metrô, dos Correios e das escolas públicas. Todas as manhãs eles renasciam no esplendor e na abundância do primeiro dia do Éden.

Um ano inteiro não seria suficiente para experimentar todos os tipos de iogurtes e sobremesas lácteas oferecidos no mercado, mesmo comendo um pote por dia. Havia depiladores diferentes para axilas masculinas e femininas, protetores de calcinhas, lenços umedecidos, "receitas criativas" e "biscoitos tostados" para gatos, separados em seções para gatos adultos, jovens, idosos, gatos de apartamento. Nenhuma parte do corpo humano com suas funções ficava de fora da previsão dos industriais. Os alimentos tinham "teor reduzido" ou eram "enriquecidos" por substâncias invisíveis, vitaminas, ômega 3, fibras. Tudo o que existe, o ar, quente e frio, a grama e as formigas, o suor e o ronco noturno, poderia infinitamente gerar mercadorias e produtos em uma subdivisão contínua da realidade e em um desdobramento dos objetos. A imaginação comercial não tinha limites. Em benefício próprio, se apropriava de todas as linguagens, ecológica, psicológica, e atribuía a si um caráter humanitário e de justiça social, convocando o consumidor a se juntar a ela na "luta contra uma vida cara" e prescrevendo: "o prazer que você merece", "faça seu negócio". Ela organizava a comemoração das festas tradicionais, Natal e Dia dos Namorados, e acompanhava o Ramadã. Era uma moral, uma filosofia, a forma incontestada das nossas existências, *A vida. A verdade. Supermercados Auchan.*

Vivia-se uma ditadura doce e feliz, ninguém se opunha a ela, era preciso apenas se proteger dos excessos e educar o consumidor, primeira acepção usada para definir o indivíduo. Para todos, inclusive para os imigrantes clandestinos amontoados em barcos que chegavam na costa da Espanha, a liberdade era um shopping center, com seus hipermercados entupidos de produtos. As pessoas achavam normal ter mercadorias chegando do mundo inteiro e circulando livremente enquanto os homens eram barrados nas fronteiras. Para atravessá-las, alguns se escondiam dentro de caminhões, disfarçando-se de mercadorias — inertes —, e assim morriam asfixiados, esquecidos pelos motoristas em um estacionamento sob o sol de junho em Douvres.

A demanda pela distribuição de produtos ia tão longe que colocavam à disposição dos mais pobres seções com produtos a granel de baixa qualidade e sem marca, carne enlatada, patê de fígado — que faziam os mais ricos se lembrarem da penúria e da austeridade dos antigos países do Leste Europeu.

Produziu-se aquilo que tinha sido anunciado nos anos 1970 por Debord, Dumont — e também por um romance de Le Clézio. Como tínhamos deixado acontecer algo assim? Nem todas as previsões tinham se realizado, não estávamos cobertos de picadas, nossa pele não estava caindo como em Hiroshima, não era preciso usar máscara de gás para sair às ruas. Ao contrário, estávamos mais belos, com a saúde melhor e cada vez mais era inconcebível morrer de alguma doença. Ainda havia motivos para deixar os anos 2000 seguirem adiante sem perder a cabeça.

Lembrávamos a reprimenda dos pais "você não está feliz com o que tem?". Agora dava para saber que tudo o que tínhamos não bastava para ser feliz, mas isso não era um motivo para abrir mão das coisas. E que algumas pessoas fossem isoladas, "excluídas", parecia o preço a ser pago, uma cota indispensável de vidas sacrificadas, para que a maioria pudesse continuar aproveitando.

Um comercial dizia, *Entre o dinheiro, o sexo e as drogas, escolha o dinheiro*.

Precisávamos nos atualizar comprando um aparelho de DVD, uma câmera digital, um MP3 player, um modem ADSL, uma tevê de tela plana, a mudança era constante. Não acompanhar os novos produtos significava aceitar o envelhecimento. À medida que o desgaste deixava marcas na pele, que ele afetava insensivelmente o corpo, o mundo nos enchia de coisas novas. Nosso desgaste e a marcha do mundo iam em direções contrárias.

As questões que surgiam com o aparecimento de novas tecnologias eram suprimidas umas depois das outras em um uso que tinha se tornado natural e irrefletido. As pessoas que não sabiam usar um computador e um MP3 player iam desaparecer como tinham desaparecido aquelas que não sabiam utilizar o telefone ou uma máquina de lavar.

Nas casas de repouso, as senhoras idosas ficavam vendo, com olhos cansados, o espetáculo contínuo de propagandas de produtos e aparelhos que elas nunca poderiam imaginar que seriam necessários e que não teriam mais nenhuma chance de ter.

Estávamos completamente tomados pelo tempo das coisas. Um equilíbrio mantido por bastante tempo entre a espera por eles e o seu surgimento, entre a privação e a obtenção, tinha se rompido. A novidade já não suscitava ataques nem entusiasmo, já não assombrava mais o imaginário. Era o caminho normal da vida. Talvez o próprio conceito de novo desaparecesse, assim como o de progresso já quase não existia, estávamos condenados a isso. Começávamos a entrever a possibilidade ilimitada de tudo. Os corações, os fígados, os olhos, a pele passavam dos mortos para os vivos, os óvulos de um útero para o outro e mulheres de sessenta anos davam à luz. O lifting interrompia a passagem do tempo no rosto das pessoas. Na televisão, Mylène Demongeot era a mesma boneca resplandecente que tínhamos visto em *Basta ser bonita*, conservada intacta desde 1958.

Dava vertigem pensar nos clones, em crianças inseridas em um útero artificial, implantes cerebrais, em *wearables* — que em inglês ganhava uma pitada a mais de estranheza e de poderio. Dotados de uma sexualidade completamente indiferenciada, essas coisas e comportamentos coexistiriam com os antigos durante certo tempo.

Mas a facilidade de tudo ainda assombrava e produzia a exclamação, diante de um novo objeto recém-chegado no mercado: “Sensacional!”.

Havia o pressentimento de que, no tempo de uma vida, surgiriam coisas inimagináveis às quais as pessoas se habituariam, como fizeram tão rapidamente com o celular, o computador, o iPod e o GPS. O que mais perturbava era não poder imaginar como seria o modo de vida em dez anos nem saber se nós mesmos nos adaptaríamos às tecnologias ainda desconhecidas. (Será que um dia veríamos na cabeça do ser humano toda a sua história inscrita, o que fez, disse, viu e ouviu?)

A vida acontecia em uma profusão de coisas, de informações e de "especialidades". Produzia-se opinião sobre um fato logo que ele acontecia, sobre os comportamentos, os corpos, o orgasmo e a eutanásia. Tudo era discutido e decifrado. As formas de pôr a vida e as emoções em palavras se multiplicavam, com termos como "vício", "resiliência" e "trabalho de luto". Depressão, alcoolismo, frigidez, anorexia, infância infeliz, nada mais era vivido em vão. Comunicar as experiências e os fantasmas era um gesto que fazia bem para a consciência. A introspecção coletiva oferecia modelos para verbalizar as inquietações do eu. O saber comum aumentava seu repertório. O pensamento era cada vez mais ágil, a aprendizagem, mais precoce, e a lentidão da escola desesperava os jovens que digitavam SMS em seus celulares na maior velocidade.

Em meio à mistura de conceitos, era cada vez mais difícil encontrar uma frase para si próprio, a frase que, quando dita em silêncio, ajudasse a viver.

Na internet, bastava escrever uma palavra-chave para surgirem milhares de "sites", jogando em desordem pedaços de frases e fragmentos de textos que nos sugariam para outros lugares em uma caça ao tesouro excitante, um achado atrás do outro indo até o infinito de uma coisa que já não estávamos buscando. Dava a ilusão de podermos dominar a totalidade do conhecimento, entrar na multiplicidade de pontos de vista jogados em blogs em uma língua nova e brutal. Informar-se sobre os sintomas do câncer na garganta, a receita da *moussaka*, a idade de Catherine Deneuve, o clima em Osaka, o cultivo de hortênsias e cannabis, a influência dos japoneses no desenvolvimento da China — jogar pôquer, gravar filmes e discos, comprar de tudo, ratos brancos e revólveres, Viagra e vibradores, vender e revender de tudo. Conversar com estranhos, xingar, paquerar, inventar uma persona para si. Os outros não tinham corpo, nem voz nem cheiro nem gestos, não podiam nos alcançar. O mais importante era o que podíamos fazer com eles, a lei da troca, o prazer. O grande desejo de poder e impunidade se realizava. Seguíamos na realidade de um mundo de objetos sem sujeitos. A internet realizava a transformação fascinante do mundo em discurso.

O clique saltitante e veloz do mouse na tela era a medida do tempo.

Em menos de dois minutos era possível encontrar: as colegas do liceu Camille-Jullian, em Bordeaux, turma do primeiro ano secundário C2, 1980-81, uma canção de Marie-Josée Neuville, um artigo de 1988 do jornal *L'Humanité*. A busca do tempo perdido passava pela web. Os arquivos e todas as coisas antigas que sequer imaginávamos poder encontrar um dia chegavam até nós sem demora. A memória tinha se tornado inesgotável, mas a profundidade do tempo — cuja sensação era produzida pelo cheiro e o amarelecido do papel, o barulho das páginas, o sublinhado de um parágrafo pela mão de um desconhecido — tinha desaparecido. Estávamos em um presente infinito.

Queríamos, incessantemente, "salvaguardar" esse presente, em um frenesi de fotos e filmes imediatamente visíveis. Centenas de fotos enviadas para todos os amigos, em um novo uso social, depois transferidas e arquivadas em pastas — que raramente eram abertas — no computador. O que contava era o gesto de fotografar, a existência captada e duplicada, registrada à medida que vivíamos, cerejeiras em flor, um quarto de hotel em Estrasburgo, um bebê recém-nascido. Lugares, encontros, cenas, objetos, era a conservação total da vida. Com a vida digital, dava para esgotar a realidade.

Nas fotos e filmes classificados por data que íamos passando na tela, além da diversidade de cenas, paisagens e pessoas, espalhava-se a luminosidade de um tempo único. Outra forma de passado se inscrevia, fluido, com baixo teor de lembranças reais. Havia imagens demais para nos determos em cada uma e revivermos as circunstâncias de quando tinham sido feitas. Por meio delas vivíamos uma existência leve e transfigurada. A multiplicação de nossos rastros abolia a sensação do tempo que passa.

Era estranho pensar que, com os DVDs e outros suportes, as gerações seguintes conheceriam tudo sobre nossa vida cotidiana mais íntima, nossos gestos, o modo de comer, falar e fazer amor, os móveis e roupas de baixo. A escuridão dos séculos anteriores — pouco a pouco eliminada, primeiro pela câmera no estúdio do fotógrafo, depois pelas câmeras digitais dentro do nosso próprio quarto — desapareceria para sempre. Ressuscitávamos antes da hora.

E cada um tinha em si uma grande memória vaga do mundo. Das coisas, só conservávamos palavras, detalhes, nomes, aquilo que viria depois da locução de Georges Perec, "eu me lembro": do sequestro do barão Empain, dos chocolates Picorette, das meias de Bérégovoy, de Devaquet, da Guerra das Malvinas, do achocolatado Benco. Porém, não eram lembranças de verdade, continuávamos chamando assim, mas eram outra coisa: marcadores de uma época.

A imprensa assumiu a responsabilidade pelo processo de memória e esquecimento. Eles comemoravam tudo o que era possível, o apelo do Abbé Pierre, a morte de Mitterrand e de Marguerite Duras, o início e o fim das guerras, a chegada à Lua, Chernobyl, o 11 de Setembro. Cada dia era o aniversário de alguma coisa, de uma lei, da abertura de um processo, de um crime. Eles dividiam o tempo em anos iê-iê-iês, hippies, Aids, e as pessoas em gerações de De Gaulle, Mitterrand, 1968, *baby-boom*, digital. Pertencíamos a todas elas e a nenhuma. Os nossos próprios anos não estavam ali.

Estávamos nos transformando. Não reconhecíamos nossa forma nova.

Quando levantávamos a cabeça para ver a Lua à noite, ela brilhava fixamente sobre um mundo do qual sentíamos a vastidão, a efervescência, sobre bilhões de pessoas. A consciência se dilatava no espaço total do planeta, na direção de outras galáxias. O infinito deixava de ser imaginário. Por isso era inconcebível dizer que iríamos morrer um dia.

Se fôssemos tentar catalogar as coisas que tinham acontecido do lado de fora de nós mesmos, veríamos, a partir do 11 de Setembro, surgirem fatos velozes, uma sequência de expectativas e medos, de tempos intermináveis e explosões que estarreciam ou afligiam violentamente — "nada será como antes" era o leitmotiv —, e depois desapareciam, esquecidas e irresolutas, sendo comemoradas no ano seguinte, ou no mês seguinte, como se fosse uma história remota. O dia 21 de abril chegou com a guerra no Iraque — felizmente sem a França dessa vez —, a agonia de João Paulo II, outro papa cujo nome esqueceríamos junto com seu número, a estação Atocha, a noite importante e festiva do não no referendo sobre a Constituição Europeia, as noites em que os subúrbios pegaram fogo, Florence Aubenas, os atentados de Londres, a guerra do Líbano entre Israel e o Hezbollah, o tsunami, Saddam Hussein arrancado de um buraco e enforcado não se sabe quando, epidemias obscuras, a gripe chinesa, a gripe aviária, o chikungunya. No verão imenso que se tornou uma enorme canícula, misturavam-se os soldados americanos no Iraque sendo enviados mortos em um saco plástico e os idosos mortos pelo calor empilhados nos frigoríficos do mercado e entreposto de Rungis.

Tudo parecia opressivo. Os Estados Unidos eram donos do tempo e do espaço, que eles ocupavam como queriam, de acordo com as suas necessidades e interesses. Em todos os lugares, os ricos ainda mais ricos, e os pobres ainda mais pobres. As pessoas dormiam debaixo de tendas ao longo do Boulevard Périphérique. Os jovens zombavam "bem-vindos a este mundo de merda" e se insurgiam brevemente. Apenas os aposentados estavam satisfeitos e procuravam se ocupar e gastar seu dinheiro viajando para a Tailândia, no eBay e em sites de encontro. De onde poderia vir a revolta?

De todas as informações diárias, a mais interessante, a que mais nos importava era o tempo que faria amanhã, os cartazes nas paredes do metrô de bom ou mau tempo, esse saber de almanaque que permite todos os dias prever e aproveitar ou lamentar, um saber ao mesmo tempo imprevisível e invariável. As mudanças climáticas resultantes das atividades humanas escandalizavam.

Um discurso nocivo lançava seus ataques livremente, sendo aprovado pela maioria dos telespectadores que não se incomodavam em ouvir o ministro do Interior dizendo que queria "limpar com uma mangueira de pressão" a "escória" dos subúrbios. Os antigos valores estavam de volta, a ordem, o trabalho, a identidade nacional, carregados de ameaças contra os "inimigos" que tiveram que ser reconhecidos pelas "pessoas honestas": desempregados, jovens do subúrbio, imigrantes ilegais, ladrões e estupradores etc. Nunca antes um número tão reduzido de palavras tinha propagado tanta fé — as pessoas se entregavam de peito aberto àquelas palavras, como se estivessem tontas de tantas análises e informações, o asco pelos sete milhões de pobres, os moradores de rua, as estatísticas de desemprego, e se entregavam à simplicidade. *77% dos entrevistados consideram a justiça muito indulgente com os delinquentes*. Os antigos novos filósofos repisavam na televisão seus velhos discursos, o Abbé Pierre morreu, os *Guignols* já não despertavam graça nenhuma e o *Charlie Hebdo* gerava as mesmas revoltas de sempre. Havia o pressentimento de que nada poderia impedir a vitória de Sarkozy, as pessoas desejavam ir até o fim. Outra vez aparecia o desejo de servir e obedecer a um chefe.

O tempo comercial voltava com força total a pautar o tempo do calendário. Já era Natal, as pessoas suspiravam ao ver, no começo de novembro, a enxurrada de brinquedos e chocolates invadindo as grandes redes e supermercados. Sentiam-se abatidas por não conseguir escapar durante algumas semanas ao encerramento da grande festa que obrigava cada um a pensar na própria solidão e em seu poder aquisitivo em relação à sociedade — como se a vida inteira terminasse em uma noite de Natal. Era uma visão que dava vontade de adormecer no final de novembro e só acordar no começo do ano seguinte. Começava a pior época do ano, em que tínhamos desejo e ódio das coisas, era o auge do gesto consumista. Apesar de tudo, nos entregávamos a ele e ficávamos nas filas dos caixas, com raiva e calor, como se tivéssemos a obrigação de gastar e realizar um sacrifício, oferecido a um deus qualquer, nos resignando a "fazer alguma coisa na data", montar a árvore e decidir o cardápio da ceia de Natal.

No meio desse primeiro decênio do século 21 (que nunca chamaríamos de anos 2000), estavam reunidos à mesa as crianças já quase quarentonas — embora continuassem com seu ar de adolescentes, de jeans e All Star —, seus companheiros e companheiras — os mesmos desde há muitos anos —, os netos e, ainda, o homem que antes tinha estatuto temporário de amante escondido e agora era companheiro estável, admitido nas reuniões familiares. A conversa tratava, primeiro, de questões recíprocas: trabalho precário ou ameaçado pela reestruturação da empresa, os meios de transporte, os horários e as folgas, a quantidade de cigarros por dia, deixar de fumar, as distrações de cada um, foto e música, os downloads, as últimas aquisições de produtos novos, a última versão do Windows, o último modelo de celular, a Internet 3G, a relação entre o consumo e o uso do tempo. Tudo o que permitia atualizar o conhecimento um do outro, avaliar os estilos de vida e fortalecer secretamente a crença de que o melhor era o seu próprio estilo.

Eles também davam suas opiniões sobre os filmes recentes, comentavam as críticas publicadas nos jornais e revistas *Télérama*, *Libé* e *Les Inrocks*, *Technikart*, mostravam seu entusiasmo pelas séries americanas, *Six Feet Under*, *24 Horas*, tentavam nos convencer a assistir ao menos a um episódio, mesmo sabendo que não o faríamos. Queriam nos ensinar, mas não aceitavam que ensinássemos nada, deixando transparecer que, para eles, nosso conhecimento das coisas tinha menos sintonia com o mundo que o conhecimento dos mais jovens.

Falávamos das eleições presidenciais que estavam chegando. Eles tentavam avaliar quem conseguia levar mais longe o vazio da campanha, falavam do ódio que tinham pela coligação Ségo-Sarko, ridicularizavam a "ordem justa" e a estratégia "vencer/vencer" da candidata socialista, o jeito escorregadio e educado de juntar frases ocas, se assustando com o talento populista de Sarko e sua ascensão impressionante. Todos concordavam com a incapacidade de decidir entre Bové, Voynet ou Besancenot. No fim das contas, não tinham vontade de votar em ninguém, esta eleição certamente não mudaria nada, mas ao menos havia a esperança de que a candidata socialista fosse a menos pior. Até que chegava o assunto mais importante: a mídia, com a manipulação da opinião de todos, e as maneiras de contornar os problemas. Na internet, eles só davam crédito ao YouTube, Wikipedia, Rezo-net e Acrimed. A crítica da mídia era mais importante do que a própria informação.

O clima geral era de brincadeira e de um fatalismo festivo. Os subúrbios explodiriam outra vez, o conflito Israel-Palestina não tinha jeito. E o mundo se autodestruiria com o aquecimento global, o derretimento das geleiras e a morte das abelhas. Alguém disse "vamos direto ao ponto?", o que você acha da gripe aviária? e Ariel Sharon, ainda está em coma? desencadeando uma enumeração de outras coisas esquecidas, a gripe chinesa, o caso Clearstream, os movimentos dos desempregados — tudo isso menos para reconhecer a amnésia coletiva do que para criticar o poder da imprensa sobre o imaginário das pessoas. O desaparecimento do passado mais recente era chocante.

Não havia nem memória nem história, apenas a lembrança dos anos 1970 que pareciam desejáveis, por nós que tínhamos vivido, para eles que eram jovens demais e só guardavam na memória os objetos, programas de tevê, músicas, protetores de joelho, *Kiri, o palhaço*, a vitrola portátil, Travolta e *Os embalos de sábado à noite*.

Em meio ao entusiasmo da conversa, ninguém tinha mais paciência para as histórias.

Ouvíamos tudo intervindo discretamente com a preocupação de mediar as falas e impedir que os "agregados" ficassem de fora, nos colocando acima dos laços do casal ou de pais e filhos, com a atenção voltada para desfazer as discórdias, tolerando a chacota com nossa ignorância tecnológica. Nos sentíamos como uma escoteira indulgente e sem idade, líder de uma tribo uniforme e adolescente — não chegando a aceitar que éramos avós, como se esta alcunha fosse reservada para sempre aos nossos próprios avós, algo inerente a eles que mesmo o seu desaparecimento não mudava em nada.

Em meio à proximidade dos corpos, a mastigação e as brincadeiras, o pão, o foie gras e a recusa dos assuntos graves, outra vez, ia sendo construída a realidade imaterial das refeições em família. Dava para sentir a força e a espessura desta realidade quando saíamos alguns minutos para fumar um cigarro ou ir à cozinha conferir se o peru estava assado. Ao voltar, o burburinho da mesa já era outro, com uma nova conversa. Alguma coisa da nossa infância vinha até nós. Uma cena antiga e dourada, com pessoas sentadas, os rostos misturados, em um rumor indistinto de vozes.

Depois do café, eles ligavam na tevê o novo videogame da Nintendo, Wii, e jogavam partidas virtuais de tênis e boxe, agitando-se com gritos e palavrões diante da tela enquanto os pequenos brincavam incansavelmente de esconde-esconde em todos os cômodos, abandonando os presentes da véspera espalhados no chão. Voltávamos à mesa para nos refrescar com uma água Perrier ou uma Coca-Cola. Os silêncios anunciavam que o fim estava próximo. Olhávamos a hora e era preciso sair do tempo sem ponteiros das refeições em família. Juntávamos os brinquedos e as tralhas das crianças que acompanhavam todas as saídas. Após as despedidas e os agradecimentos, a ordem para as crianças darem um beijo e a pergunta constante "será que não esquecemos nada?", o mundo privado dos casais se refazia e se dispersava em seus respectivos carros. O silêncio estava de volta. Era hora de retirar da mesa as cadeiras a mais, ligar a máquina de lavar pratos. Catar uma roupinha de boneca esquecida debaixo de uma cadeira. O sentimento era de plenitude e cansaço por ter, uma vez mais, recebido bem todo mundo e atravessado harmonicamente as etapas de um ritual do qual éramos, agora, o mais antigo representante.

Nesta foto, tirada entre as centenas guardadas em envelopes de revelação ou armazenadas em arquivos digitais, uma mulher de certa idade, cabelos ruivos, pulôver decotado, está sentada, quase inclinada, em uma grande poltrona abraçando uma menina que está sentada sobre seus joelhos. A menina está de calça jeans e casaco verde-claro aberto na frente e, na posição em que se encontra, vemos apenas um pedaço do joelho da senhora que está de calça preta. Os dois rostos estão próximos, levemente desalinhados, o da mulher é pálido, com um rubor que parece ser de depois da refeição, um pouco magro, linhas finas na testa e um sorriso, o da criança é bronzeado, os olhos grandes castanhos e sérios, ela está dizendo alguma coisa. Só se parecem nos cabelos, desgrenhados e longos, do mesmo tamanho, nas duas com mechas cobrindo o pescoço. As mãos da mulher, com as articulações marcadas, quase nodosas, em primeiro plano na foto, parecem desmedidas. O sorriso, o modo de olhar para a lente e o gesto de segurar a criança — não é de posse, mas de oferenda — parecem uma foto tradicional de família em que se estabelece a filiação: a avó que apresenta sua neta. Ao fundo, as prateleiras de uma biblioteca com as lombadas plastificadas dos livros da coleção Pléiade refletem a luz. Destacam-se dois nomes, Pavese, Elfriede Jelinek. Decoração típica da casa de uma intelectual, onde os outros bens culturais, DVDs, fitas VHS, CDs estão separados dos livros como se não fizessem parte da mesma esfera ou da mesma dignidade. No verso da foto, *Cergy, 25 de dezembro de 2006.*

Esta mulher da foto é ela. E, ao olhar para a imagem, ela pode dizer com toda certeza — já que o rosto da foto e o presente não se encontram tão separados assim e já que nenhuma das coisas que um dia serão perdidas na vida se perderam (e ela prefere nem imaginar quando isso vai acontecer) —, ela pode dizer *esta sou eu* = não tenho marcas a mais de envelhecimento. Não costuma pensar nessas marcas, vive normalmente em uma espécie de negação, não de sua idade, 66 anos, mas do que ela representa para os mais jovens, e não se sente diferente das mulheres de 45, 50 anos — ilusão que as outras destroem, sem maldade, no meio de uma conversa, dando a entender que ela não pertence à geração delas e que elas a consideram como ela própria vê as mulheres de oitenta anos: como uma velha. Ao contrário da adolescência, em que tinha certeza de já não ser a mesma pessoa de um ano para o outro (às vezes até de um mês para o outro), enquanto o mundo ao

redor permanecia imutável, agora é ela que se sente imóvel em um mundo que se transforma. Apesar disso, entre a foto precedente, na praia de Trouville, e esta aqui, do Natal de 2006, algumas coisas aconteceram. Ignorando o grau e a duração do agito que elas provocaram e os vínculos possíveis de causa e efeito de umas em relação às outras, a lista é mais ou menos esta:
o término do relacionamento com aquele que ela chamava de homem jovem, ação lenta e planejada secretamente por ela, decisão que tomou definitivamente no sábado de setembro de 1999 quando ela viu um peixe que ele tinha acabado de pescar se debater na grama durante longos minutos antes de morrer com sobressaltos e que, à noite, ela comeu com ele cheia de nojo

a aposentadoria, que por muito tempo era o limite até onde sua imaginação poderia ir no futuro — como, em outros tempos, a menopausa. De um dia para o outro, as aulas escritas e as anotações de leitura para prepará-las não serviram mais para nada. Sem o uso, a linguagem especializada adquirida para explicar os textos se apagou dela — e ela se vê obrigada, quando busca sem encontrar o nome de uma determinada figura de estilo, a admitir como fazia sua mãe sobre uma flor cujo nome escapava, "eu sabia"

um ciúme da nova companheira de idade madura do homem jovem, como se ela tivesse necessidade de ocupar o tempo liberado pela aposentadoria — ou de voltar a ser "jovem" graças a um sofrimento amoroso que ele nunca tinha provocado nela quando estavam juntos, ciúmes que ela alimentou durante semanas como se fosse um trabalho até querer apenas uma coisa, se livrar daquilo

um câncer que parecia nascer no seio de todas as mulheres da sua idade e que lhe pareceu quase normal ter tido, pois as coisas que dão mais medo acabam acontecendo. No mesmo momento, ela recebeu a notícia de que um bebê estava se formando na barriga da companheira de seu filho mais velho — uma menina, como revelou em seguida a ultrassonografia, bem quando ela tinha perdido todos os cabelos por causa da quimioterapia. Essa rápida substituição, sem demora, dela própria no mundo a deixou muito perturbada

neste espaço "entre" (um nascimento certo e sua possível morte), o encontro com um homem mais jovem que a atraiu por sua ternura e o gosto por todas as coisas que fazem sonhar, livros, música, cinema — acaso milagroso que ofereceu a ela a ocasião de vencer a morte com o amor e o erotismo. Depois a história contínua dos dois em uma relação de presença e ausência alternadas, em casas diferentes, único esquema apropriado à dificuldade que tinham de estar — e não estar — juntos

a morte com dezesseis anos da gata preta e branca, que depois de anos exibindo suas formas arredondadas se tornou tão magra quanto na foto do inverno de 1992, e que ela enterrou no jardim de casa em um dia de muito calor enquanto os vizinhos pulavam e gritavam na piscina. Pela primeira vez na vida ela fez este gesto e com ele sentiu que estava enterrando todos os defuntos de sua história, os pais, a última tia materna, o homem mais velho que tinha sido seu primeiro amante depois do divórcio, e que virou um amigo, acometido por um infarto dois verões antes. Também estava antecipando seu próprio enterro.

Quando compara esses fatos de sua vida com outros mais distantes, sejam eles felizes ou não, percebe que não parecem ter modificado em nada seu modo de pensar, seus gostos e interesses, que se constituíram por volta dos cinquenta anos, em uma espécie de solidificação interior. A sequência de vazios que separam todas as imagens que ela tem de si no passado se interrompe ali naquele ponto. O que mais se transformou nela foi sua percepção do tempo, o modo de ver a si própria no tempo. Assim, ela constata com espanto que, enquanto ela fazia um ditado de Colette na escola, a própria Colette ainda estava viva — e que sua avó, com doze anos na época em que Victor Hugo morreu, deve ter aproveitado o dia do funeral dele, que virou feriado (mas ela já devia trabalhar no campo). E agora que a distância que a separa da perda de seus pais — vinte e quarenta anos — é cada vez maior, e que nada em sua maneira de viver e pensar se parece com a deles — eles se "revirariam no túmulo" se a vissem neste momento —, ela tem a impressão de se aproximar deles. À medida que o tempo à frente dela diminui concretamente, ele também se estende cada vez mais, aquém de seu nascimento e para além de sua morte, quando ela imagina que, em trinta ou quarenta anos, poderão dizer que ela viu a Guerra da Argélia, assim como diziam, de seus bisavós, que "eles tinham visto a Guerra de 1870".

Ela perdeu o sentimento que tinha em relação ao futuro, como uma espécie de pano de fundo sem fim sobre o qual projetava gestos, atos e a espera por coisas desconhecidas e boas que a habitavam quando ela subia o Boulevard de la Marne no outono indo para a faculdade, ou terminava de ler *Os mandarins*, e quando, uns anos depois, acabava a aula e entrava em seu Mini Austin, ou buscava as crianças na escola, e muito tempo adiante, depois do divórcio e da morte de sua mãe, indo pela primeira vez para os Estados Unidos com "L'Amérique", de Joe Dassin, na cabeça — até três anos atrás, jogando uma moeda na Fontana di Trevi e pedindo para um dia poder voltar a Roma.

Um sentimento de urgência substituiu o sentimento de futuro e é ele que a atormenta agora. Ela teme que o envelhecimento faça sua memória voltar a ser nublada e silenciosa, como a que tinha quando era bem criança — momento que nunca voltará a se lembrar. Quando tenta pensar nos colegas professores da escola que ficava na serra onde lecionou durante dois anos, consegue ver as silhuetas e os rostos, às vezes até com extrema precisão, mas é impossível "dar um nome às pessoas". Ela insiste procurando o nome que falta, tentando fazer coincidir uma pessoa com um nome, unir duas metades separadas. Talvez um dia isso possa acontecer com as coisas e suas denominações: ficarão separadas e ela não poderá mais nomear a realidade, haverá somente um real indizível. Ela precisa dar agora mesmo uma *forma* por escrito para esta ausência de futuro, precisa escrever este livro (ainda em estado de esboço, com milhares de notas) que duplica sua existência há mais de vinte anos e que pretende cobrir, de uma vez só, uma duração cada vez mais longa.

Ela desistiu de tentar extrair a forma capaz de conter toda a vida da sensação que experimenta quando, de olhos fechados na praia debaixo do sol ou em um quarto de hotel, ela se multiplica e existe fisicamente em diversos pontos de sua vida. É um modo de alcançar o tempo palimpsesto. Até aqui, essa sensação não a levou a lugar algum na escrita, nem ao conhecimento de nada. Traz apenas uma vontade de escrever (assim como depois do orgasmo), mas nada além disso. E, de certo modo, quando as palavras, imagens, objetos e pessoas se apagam, ela já prevê, senão a morte, ao menos o estado em que estará um dia, entregue, como as pessoas muito idosas, à contemplação — mais ou menos nebulosa por causa da "degeneração macular relacionada à idade" — das árvores, de filhos e netos, despida de toda cultura e de toda história, a sua e a do mundo, ou estará em um estado "alzheimeriano", não sabendo mais qual o dia nem o mês ou estação do ano em que se encontra.

Para ela, o importante é o contrário disso, ou seja, capturar a duração que constitui sua passagem pela terra em uma época determinada, em um tempo que a atravessou, captar este mundo que só registrou vivendo. Ela intuiu como será a forma de seu livro em uma outra sensação, que experimenta quando parte de uma imagem fixa da lembrança — por exemplo, uma cama de hospital com outras crianças operadas da amídala depois da guerra ou em um ônibus que atravessa Paris em julho de 1968 — se mistura com uma totalidade indistinta, da qual consegue arrancar, por um esforço da consciência crítica, um a um, os elementos que a constituem, costumes, gestos, palavras etc. O minúsculo ponto no passado cresce e encontra um horizonte ao mesmo tempo móvel e de uma tonalidade uniforme, que representa um ou vários anos. Ela sente, então, uma satisfação profunda, quase fascinante — que não remete à imagem, única, da lembrança pessoal —, um tipo de sensação coletiva vasta, na qual a consciência, todo o seu ser, está contido. Do mesmo modo que, de carro na estrada dirigindo sozinha, ela se sente contida em uma totalidade indefinível do mundo presente, das coisas mais próximas às mais distantes.

Assim, a forma de seu livro só pode surgir de uma imersão nas imagens da sua memória para detalhar os traços específicos da época ou do ano, mais ou menos precisos, aos quais eles pertencem — e ir ligando um ao outro lentamente, se esforçando para ouvir novamente as falas das pessoas, os comentários sobre fatos e objetos, extraídos da massa de discursos que pairam ali, espécie de *rumor* que suscita incessantemente as formulações acerca do que somos e devemos ser, pensar, acreditar, temer, esperar. Aquilo que este mundo inscreveu nela e em seus contemporâneos lhe servirá para reconstituir um tempo comum — aquele que transcorreu de muito tempo atrás até hoje — para, encontrando a memória da memória coletiva a partir de uma memória individual, apresentar a dimensão vivida da História.

Não se trata de um trabalho de rememoração, tal como se entende normalmente, que busca narrar uma vida, dar uma explicação de si. Ela só vai olhar para si própria buscando encontrar o mundo, a memória e o imaginário dos dias passados no mundo, e capturar as mudanças no pensamento, nas crenças e na sensibilidade geral, e a transformação das pessoas e das coisas que ela conheceu e que nada serão talvez, perto daqueles que terão conhecido sua neta e todos os indivíduos vivos em 2070. Perseguir as sensações que já estão aqui, ainda sem nome, como aquela que a levou a escrever.

Será uma narrativa escorregadia, no pretérito imperfeito e absoluto que vai, pouco a pouco, devorando o presente até a última imagem de uma vida. Um fluxo que será, contudo, interrompido a intervalos regulares por fotos e sequências de filmes que vão captar as formas do corpo e os lugares sociais sucessivos ocupados por ela. Estas interrupções funcionarão como pausas na memória e, ao mesmo tempo, como conexões com o desenvolvimento de sua própria existência, com aquilo que a tornou singular, não pela natureza dos elementos de sua vida, sejam eles externos (trajetória social, profissão) ou internos (pensamentos e aspirações, desejo de escrever), mas por sua combinação única em cada ser humano. O uso do "ela" na escrita vai corresponder, em espelho, ao caráter fugidio das fotos, nas quais ela é "constantemente outra".

Não haverá "eu" neste livro que ela considera uma espécie de autobiografia impessoal — apenas pronomes impessoais e o uso de "nós" — como se estivesse narrando os dias passados.

Quando sentia vontade de escrever em sua época de estudante, ela esperava encontrar uma linguagem desconhecida que revelasse coisas misteriosas, como uma vidente. Ela também imaginava que o livro pronto fosse revelar aos outros alguma coisa do seu ser, uma realização superior, uma glória — ela teria dado tudo para se tornar "escritora", assim como quando era criança e desejava dormir e acordar transformada em Scarlett O'Hara. Depois, dando aulas para turmas bagunceiras de quarenta alunos, no supermercado com seu carrinho de compras, nos bancos de um jardim público ao lado de um carrinho de bebê, esses sonhos a abandonaram. Não existia esse mundo inefável que surgiria magicamente de palavras inspiradas. Ela só poderia escrever a partir da própria língua, aquela falada por todos, única ferramenta que poderia usar para tratar daquilo que a revoltava. Assim, o livro a ser feito representava um instrumento de luta. Ela não abandonou essa ambição, mas agora tudo o que mais gostaria era de poder captar a luz que toca nos rostos já desaparecidos, nos guardanapos manchados de comida nos encontros de família, essa luz que já estava nas histórias contadas aos domingos em sua infância e que continuou encostando em todas as coisas assim que eram vividas, uma luz anterior. Gostaria de poder salvar para sempre

os carrinhos bate-bate no parque de diversões em Bazoches-sur-Hoëne

o quarto de hotel da Rue Beauvoisine, em Rouen, não muito longe da livraria Lepouzé onde Cayatte rodou uma cena de *Morrer de amor*

a máquina de vinho no Carrefour da Rue du Parmelan, em Annecy

me debrucei sobre a beleza deste mundo/ e guardei o cheiro das estações em minhas mãos

o carrossel do parque das águas de Saint-Honoré-les-Bains

a jovem de casaco vermelho acompanhando o homem que ia cambaleando pela calçada e que ela tinha acabado de buscar no café Le Duguesclin, no inverno, em La Roche-Posay

o filme *Vidas sem destino*

o cartaz meio rasgado do site de encontros Ulla 3615 no fim da descida em Fleury-sur-Andelle

um bar e uma jukebox que tocava "Apache", em Telly O Corner, Finchley

uma casa no fundo de um jardim, na Avenue Edmond Rostand, 35, em Villiers-le-Bel

o olhar de uma gata malhada logo depois da injeção prestes a adormecer

o homem de pijama e pantufas todas as tardes no hall da casa de repouso em Pontoise, que, chorando, pedia aos visitantes para telefonarem para o seu filho e estendia um pedaço de papel com um número anotado

a mulher da foto do massacre de Hocine, na Argélia, que parecia uma *pietà*

o sol ofuscante nas paredes de São Miguel visto na sombra dos Fondamenta Nuove

Salvar alguma coisa deste tempo no qual nós nunca mais estaremos.

A marca FSC® é a garantia de que
a madeira utilizada na fabricação
do papel deste livro provém de
florestas gerenciadas de maneira
ambientalmente correta, socialmente
justa e economicamente viável e de
outras fontes de origem controlada.

Título original: *Les années*

DIRETORAS EDITORIAIS Fernanda Diamant e Rita Mattar
EDITORA Rita Mattar
ASSISTENTE EDITORIAL Mariana Correia Santos
PREPARAÇÃO Luisa Tieppo
REVISÃO Eduardo Russo
PRODUÇÃO GRÁFICA Jairo Rocha
CAPA Bloco Gráfico
IMAGEM DA CAPA Arquivo privado de Annie Ernaux (direitos reservados)
PROJETO GRÁFICO Alles Blau
EDITORAÇÃO ELETRÔNICA Alles Blau e Página Viva

Dados Internacionais de Catalogação na Publicação (CIP)
(Câmara Brasileira do Livro, SP, Brasil)

Ernaux, Annie

Os anos / Annie Ernaux ; tradução Marília Garcia. — São Paulo : Fósforo, 2021.

Título original: Les années
ISBN: 978-65-89733-14-0

1. Ernaux, Annie, 1940- 2. Escritoras francesas — Autobiografia 3. Memórias autobiográficas 4. Histórias de vida I. Título.

21-61138 CDD – 848-092

Índice para catálogo sistemático:
1. Escritoras francesas : Autobiografia 848-092

Cibele Maria Dias — Bibliotecária — CRB-8/9427

1ª edição
6ª reimpressão, 2024

Editora Fósforo
Rua 24 de Maio, 270/276, 10º andar, salas 1 e 2 — República
01041-001 — São Paulo, SP, Brasil — Tel: (11) 3224.2055
contato@fosforoeditora.com.br / www.fosforoeditora.com.br

Este livro foi composto em GT Alpina e
GT Flexa e impresso pela Ipsis em papel
Golden Paper 80 g/m² para a Editora
Fósforo em agosto de 2024.